佐々木愛
SASAKI AI

ここにあるはずだったんだけど

双葉社

目次

ここにあるはずだったんだけど

装画　あわい
装丁　アルビレオ

Eあるいは F

きのうまで腰の高さほどあった両脇の名前も知らない草が刈りとられたばかりのようだった。遊歩道は蟬が鳴き、むっと青い匂いがしていた。アスファルトの上には何匹もみみずが這い出て干からびかけている。コンビニエンスストアからの帰り道、ここはゆるい上り坂になる。

ビーチサンダルさえ重く感じる足で上っている途中、自転車の高校生二人とぬるい風に追い越された。彼女たちは、おそらく吹奏楽部の部員だ。一階に住む大家さんが教えてくれたように、長いスカート、学校指定の靴下、肩より長い髪はまとめ、生徒手帳にある「制服の正しい着方」の見本のようだ。きょうもこれから、野球部の応援練習をするのだろう。

ペダルは、少しずつ重たくなっていくらしい。てっぺんの手前で、彼女たちは揃《そろ》って立ち漕ぎを始めた。背中を右に左にと揺らしながら、道のど真ん中を進んでいく。セーラーの襟まで白い夏服は光り、やがて見えなくなった。

まぶしいと思う。いいな、と思う。たった十年ほど前のことなのに、全部遠く見える。

足元に目を戻すと、私の影は短く濃かった。

ああなりたいとか、こうなりたいとか、あのころは私も、もっと素直に思えていたような気がする。

私はいつから変わってしまったんだろう。

私はいつから、元グラビアアイドルがEカップかFカップかで悩み続けるような人間になってしまったんだろう。

空を見上げて笑おうとしてみる。私はたぶん今、世界一おきらくな悩みを持つ人間だ。たかが胸、たかが胸、たかが……。

自転車がもう一台、過ぎていく。今度も女子生徒だった。彼女は、みみずを慌てて避けた。前輪では避けられたのだろうけれど、後輪で轢《ひ》いていて、笑いは引っ込む。

世界一おきらくな悩みを持つ人間のひたいから、道に向かって汗が一粒落ちる。

ここに引っ越してくる少し前、転職活動をやめた。全部がいやになったのだ。

〈俳優の三橋《みつはし》朝日《あさひ》が一般女性との結婚を発表！〉

ネットニュースでその見出しの第一報が出る数時間前に、私を含む熱心な三橋朝日ファンは、すでに情報を得ていた。ファンクラブ会員限定のメールマガジンで、結婚を報告するメッセージが送られてきていたからだ。

「この度、縁あって素敵な方と巡り合い、結婚をする運びとなりました。いつも応援してくださる皆様に一番にお伝えしたいと思い、ここでご報告いたします。お相手は、一般の女性です。皆様にはより一層よい演技をお見せできるよう、今までと変わらず精進いたします。これからも温かく見守ってくださいますよう、どうぞよろしくお願いいたします。三橋朝日」

署名は直筆だった。奇をてらったところのない、彼らしいまっすぐなメッセージだった。

ファンになって数年。最初は所属事務所の先輩俳優が主演する映画の端役《はやく》が多くネクストブレイク俳優と言われ続けたが、彼はこつこつとメディア露出を増やした。二十歳を迎えた昨年には、民放の深夜ドラマで準主演を務めるまでになっていた。

地道に演技を磨いてきた彼の結婚を、最初は素直に祝福できた。彼に恋愛感情を抱いているわけではないし、彼が幸せになることが、ファンの幸せでもある。二歳になる甥っ子が結婚するときもこんな気持ちになるのだろう、と思っていた。

数時間後、ファンクラブ会員へのメッセージを情報源として、三橋朝日の結婚はネットニュースの記事になった。ポータルサイトのコメント欄には「おめでとうございます」「これからもお仕事がんばってください」など祝福の言葉が並んでいた。

私は自分では投稿せず、一つずつ「いいね！」の意を示すグッドボタンに触れていった。少数ではあるが、ときおり「おめでとー、誰だか知らんけど」というふうな意地悪なコメントが交じっていたので、そういったものにはマイナスの気持ちを知らせるバッドボタンを押した。

流れで、女性専用のネット掲示板にもアクセスする。その掲示板での三橋朝日人気は、ちまたに比べてなぜかとても高いので、私は普段からよくチェックしていた。

三橋朝日結婚のトピックはさっそく立ち上げられていて、コメント数はまだそれほど伸びていないものの、祝福の言葉がちらほら書き込まれていた。

「みっちゃん、おめでとう！」

「ファンに一番に伝えてくれるって、さすがだよね。応援してきてよかった」

「あまり目立たないけど、いい俳優さん」
「歳を取っても活躍できそうな人だよね」
「この人、もっと売れていいはず！」
「こういう夫か息子がほしかった～」

そこにもグッドボタンで「いいね！」の気持ちを示していった。自分でコメントを書き込んだことは、一度もない。ただ、彼に好意的な書き込みには、精いっぱいの思いを込めて「いいね！」する。反対もしかりだ。私のファンとしての活動は今までもたいてい、こういうささやかなものだった。それで満ち足りていた。

しかし翌朝、面接に向かう電車の中で何気なくポータルサイトを開いたときのことだ。

〈三橋朝日が結婚！　Eカップ元グラドルと〉

前日とは違う見出しのニュースが、トップページに上がっていた。

発信元はスポーツ新聞の電子版だった。彼が「一般の女性」と表現していた人物は、最近引退したばかりの元グラビアアイドルで、彼より五つ年上の女性なのだと書かれていた。

EEEEEE……。頭はアルファベットのEで埋め尽くされ、うわーと叫びたくなる。立ち上がり、走り出したくなる。ついさっきまで確かにあった穏やかな祝福の気持ちは、消える瞬間に気づく間もなく消滅していて、いやな動悸がしはじめる。

どうしてだ。「一般女性」と書かれていたときはおめでとうと思えたのに、それが「年上のEカップ元グラドル」になるだけで、なぜこんなに心の中が曇っていくんだ。職業や体形で人に抱くイメージを変えるなんて、そんなの偏見まみれの最低な人間じゃないか。くずだ、くず人間だ、だけど、ＥＥＥＥＥ……。

　元グラビアアイドルの名前にはなんとなく見覚えがあったが、顔は思い出せない。記憶をたどっていると、タイミングよく記事中にリンクが現れた。

〈【写真で見る】　弾ける笑顔！　三橋朝日のお相手はこちら〉

　大写しになったのは、胸元を強調した水着姿の写真だった。驚いて素早く画面を暗転させ、周りを見渡した。

　以前、一般紙の朝刊にあんな感じのイラスト広告が掲載され、煽情《せんじょう》的すぎるのではないかと新聞も広告主も批判されていたのを覚えていた。公共の場で見てはいけない写真だと本能が判断したようだ。

　運よく右隣の女性は眠っていて、左隣の男性と前に立っている女性は、それぞれ自分のスマホをいじっていたが、私はもう電車の中ではスマホを見られなかった。

　居てもたってもいられず次の駅で下車した。背後から誰かに覗かれないよう、ホームのエスカレーター沿いの壁に背中をぴたりと付けた。画面を片手で覆うようにしながら、もう一度あの画像を開く。大きかった。百人見たら九十人以上が大きいと言うはずだ。女性の私でも最初に目がいくのはそこだった。水着も、表情も、ポーズも、なんというか、思っていたより本格的なグラビアアイドルだ。

　冷静になろうと言い聞かせながら、彼女の名前を検索した。水着写真をかき分けるようにスクロールして、Wikipediaにたどり着く。

生年月日や出身地などと合わせて身長やスリーサイズが書かれたあとに、私の力すべてを奪っていく文言が、現れた。

「なお、胸はＥあるいはＦ」

Ｆ！　今度はＦが頭を埋め尽くしていく。ＦＦＦＦＦＦ……。Ｆはダメだ。ＥならまだしもＦはいけない、絶対にいけない。

Wikipediaには補足説明が書かれていた。「所属事務所の公式プロフィールにはＥと記されているが、ファンイベントで本人がＦと公言したこともある。ファンの間では『彼女の胸はＥあるいはＦ』が共通認識であり、それをきっかけに『ＥあるいはＦ』というタイトルのイメージＤＶＤも発売されている。ＥかＦかをはっきりさせたい彼氏の目線で彼女とのデートを楽しめるストーリー仕立てになっており――」

やめてくれ。Ｆだけは、やめてくれ。なぜならＦは私にとって、いや私と三橋朝日にとって、思い出の特別なアルファベットなのだ。

ポーと聞こえて上を見る。電車の架線にとまっているハトたちが、私を笑っているように見えた。ハトの言いたいことはだいたいわかる。私だって、おかしいと思う。だけどＦはだめなのだ。

鳩胸、という言葉を思い出す。彼らが自慢げに突き出している胸元をにらむ。

「大丈夫ですか？」

年配の女性に声をかけられ、慌ててスマホをかばんの中に隠した。リクルートスーツを着た女がホーム上で思いつめた顔をしていたので、放っておけなかったのだろう。

「気分でも悪いのかしら？　お水、買ってきましょうか」

「ありがとうございます、大丈夫です。ちょっと考えごとをしていて」

笑顔で答えながら、優しそうなその人に、三橋朝日のお相手の写真を見せて聞きたくなった。

これはＥあるいはＦ、どちらだと思いますか？

かばんの中のスマホを取り出そうとしたとき、次の電車が近づいてきて、ハトが一斉に飛んだ。

「じゃあ、暑いですから、くれぐれも気をつけてくださいね」

女性は言うと、その電車で行ってしまった。

ハトはまた架線に戻ってポーと笑った。ハトが正しい。ほんとうにばかげている。でも、止められなかった。元グラドルの情報をネットで漁っているあいだに、面接の集合時間は過ぎていた。

その日は面接をキャンセルして帰宅した。こんなことをしている場合ではないのだと、自分を張り倒したくなる。失業保険は、永遠ではないのだ。このままでは私は、〈Ｅカップ元グラドル〉ならぬ〈Ａカップ無職〉になる。わかっているのに結局ベッドにもぐり、スマホの画面ばかり見続けた。相手の女性の名前を検索し、写真を探し出し、ブログとインスタグラムの投稿を数年前までたどり、その間を縫って例の女性専用ネット掲示板を巡回した。

「えっ、なんかショック……」

「事務所に反対されなかったのかな？」

「うわ～、すぐ別れそう」

「デキ婚？」

「三橋朝日のイメージ変わっちゃった」

「どう見ても豊胸」

「顔も整形してると思う」

「騙されたか」

「見る目ないよね」

　前日まで好意的なコメントがほとんどだった三橋朝日結婚トピックの空気は、私の心の中と同じように一変していた。

　私だけじゃなかったとほっとする気持ちと、だめだ、だめだ、どうして祝福してあげられないのだと恥じる気持ちが、行ったり来たりする。すべてにグッドボタンを押したい波と、すべてにバッドボタンを押したい波が交互にやってきて、私はどちらも押せないまま、最新コメントを求めてリロードし続けた。

　掲示板には三橋朝日の熱心なファンだけ残っているらしい。相手の女性の写真を時系列に並べ、どの時点で豊胸手術を施したのか、ヒアルロン酸・シリコンバッグ・脂肪吸引&注入といった施術のうちどれを選択したのか、などの考察が始まっていた。

「三橋朝日ファンって怖い」

「豊胸してたって別にいいでしょ」

「嫉妬おつかれ」

迷い込んだ部外者が真っ当な意見を書き込もうものなら、またたくまにバッドボタンが二十ほど押される。私はそれも傍観していた。

「EあるいはF」に注目している三橋朝日ファンは、掲示板にもいないようだった。誰もその件にかんしては、書き込んでいない。

一体ぜんたい、EなのかFなのか。

私が一番気になるのは、そこだった。どうかEであってくれ、せめてEで——。


EとFは、生活のさまざまなことを侵食していった。そのうちなんだか、もう全部が、どうでもよくなってきてしまって私は面接に進んでいた企業を含め、転職活動をすべて白紙に戻した。

こうして私はAカップ無職になった。万が一、私が三橋朝日と結婚することになったとしても、

〈三橋朝日が結婚！　Aカップ無職と〉

という見出しにはならないのだろう、と思うとむなしかった。

それから私は、引っ越しを決めた。行き先は、二年前に三橋朝日が脇役で出演した映画のロケ地だった町だ。都心に通勤するには時間がかかりすぎるからと、諦めていたのだけれど、無職となれば話は別だ。

その二年前の映画は、Fが特別なアルファベットになったきっかけの映画でもあった。

都心にある大型の映画館で公開初日に行われた舞台あいさつイベントに、私は姉を誘って参加していた。チケットを発券すると座席が「F列7番」だったので、私はその時点でごきげんだっ

た。

「三橋朝日の誕生日は、六月七日なの。Ｆは前から六列目だから六月と変換すると、私は彼の誕生日に着席することになるの」

「へえ」

のん気な相づちを打つ姉には、ことの重大さが全然伝わっていないようだった。これだけの人がいる中で、三橋朝日が生まれた日をお尻の下に感じながら生の三橋朝日を見つめているのは、私ただひとり——。

私の幸運は、そこで終わらなかった。舞台挨拶の最後は、登壇者が中にメッセージを手書きした紙飛行機を客席に向かって飛ばす演出があった。Ｆ列７番は、脇役の三橋朝日が立っている側とは反対にあったので、彼の紙飛行機がここに飛んでくることはないだろうと、私は完全に気を抜いていた。もともと興味がない姉も、ぼうっとしていた。

もっと目をかっぴらいて見ておくのだったと思うが、それでもあの奇跡のような光景は、今もスローで焼き付いている。三橋朝日の手を離れた紙飛行機は、きれいな弧を描いた。まるで飼い主のもとへ舞い戻ろうとする小鳥みたいにＦ列７番へ引き寄せられ、どんどん大きくなり、消えた……と思った瞬間に、私の頭をこつんとつついた。小さく甘い痛みだった。舞台上の三橋朝日へ目を凝らす。そのとき三橋朝日は、私と目を合わせ、少し舌を出した……、ような気がした。

「ごめんね」

私だけに向かってそう合図をするみたいな仕草が時間を止めた。その間、私は夢を見た。周りの人が消えて、スクリーンも舞台も座席も消えた。劇場はただの天国になり、私と三橋朝日の二人だけになった。耳元でもう一度、三橋朝日が囁く。

「ごめんね」

突然、何もかも許せるような気がした。それだけでなく私まで、すべてから許されたような気がした。あなたはそこにいていいと、言われたような気がした。短い短い夢だった。

紙飛行機は私の頭にぶつかった勢いで前方へ落ち、Ｅ列に座っていた人の手に渡ったようだったが、それはもう、どうでもよかった。

その舞台あいさつの様子を取材していたワイドショーやネットニュースを、私はくまなくチェックした。

しかし、どのカメラも主演の俳優とヒロインの女優のほうばかり向いていて、紙飛行機のシーンでも三橋朝日はフレームの外にいた。

私と三橋朝日の世界が交わった一瞬。あれがまぼろしじゃなかったと証明してくれる映像や写真は、どこにもなかった。私は、前向きに捉えることにした。あの瞬間は私と三橋朝日の記憶の中だけにある特別なものなのだ、と思うことにした。客席の一人と目が合うくらい、三橋朝日にとってはささいなことで、すぐに忘れてしまうかもしれないけど、私はずっと覚えている。Ｆの奇跡を、守り続けてやる。そう決意した。あの思い出さえあればこれから何があってもやっていける。あんなごほうびのような瞬間がふいに訪れることがあるのなら、人生捨てたものじゃない。

それからＦが、宝物のような記号になった。私は生活の中で偶然Ｆに出会うたび、あのＦ列の奇跡を、そしてＦ列で見た夢を、鮮やかに思い出すことができた。デパートの階数表示の「Ｆ」に、巨大マンション群の「Ｆ」棟に、パスポート性別欄の「Ｆ」。フッ素の元素記号や、楽譜で「強く」を意味するフォルテもＦだと気づいてからは親しみがわいた。

だから、三橋朝日の結婚相手の「ＥあるいはＦ」は簡単には見逃せない表記なのだった。

Ｆだけは、守りたかった。この先Ｆに出会うたび、あの胸のことを思い出すようになってしまうなんて、その代わりにＦ列での光景が薄れていくなんて、耐えられない。私と三橋朝日の大切なＦにそんな意味を加えないでください、どうか思い出だけは奪わないでください、と私は祈った。

掲示板は、豊胸疑惑でまだにぎわっていた。コメントにつくグッドボタンの数から予想するに、まだ二十人ほどの三橋朝日ファンが残っているようだった。

この約二十人の中には、最初は静かに三橋朝日の幸せを祝えた人もいるのだろう。その感情が、「ＥあるいはＦカップの元グラビアアイドル」との結婚だとわかった途端、こうも捻じ曲がってしまうなんて、美しい胸には想像以上の魔力があるのかもしれない。

「私も昔、豊胸しかけたことある」

と打ち明ける者も現れた。続きを知りたい私は、グッドボタンを押した。

「しかけた、ってどういうこと？」

「何がきっかけ？」

「したの？　痛い？　乳がん検査とか、ちゃんとできてる？」

数人が書き込むと、返信がついた。

「カウンセリングを受けたんだけど、結局、怖すぎてできなかった。だから、あの元グラビアアイドルが仕事のために豊胸したんだとしたら、その努力とか勇気？　は、すごいなって思うかも」

それには次々とバッドボタンが押されていった。

「え、待って、豊胸って努力なの？　笑」

という冷笑的なコメントには、グッドボタンが十五ほど積み重なっていく。はたから見れば、三橋朝日ファンの元グラビアアイドルへの嫉妬は滑稽なほどだったけれど、EかFかで悶々とし続けている私だって同じ穴のむじななのだと、ふと思った。

嫉妬は苦しくて、みにくい。もしも私自身がFレベルの胸の持ち主だったとしたら、こんな気持ちにならずに済んだのだろうか。静かに幸せを祈ることができたんだろうか。そう思うと、たかが胸のサイズといえど、小さいのは不公平だという気がした。

豊胸しかけた人の、書き込みが続いた。

「きっかけは単純で、小さすぎてコンプレックスだからだよ。そのとき付き合ってた人は『そんなこと気にしなくていい』って言ってくれていたけど、でも、それ、みんなは信じられる？　世の中は、その言葉を信じられるようにはできてないよね？」

私は、一回分しか反映されないと知りつつ、グッドボタンを連打した。

そうだった。コンビニエンスストアの雑誌コーナーに行けば、男性誌の表紙には水着姿のEや

Ｆレベルが並んでいる。人気アニメの女性キャラクターは、重力に逆らった形状の胸を誇っている。さりげなくその部分を強調する写真や動画が、ＳＮＳで拡散される。インフルエンサーは、バストアップ効果があると謳《うた》ったサプリをＰＲする。映画で脱いだ女優が控えめなサイズだったときには、「がっかり」とネットが沸く。

「そんなに気にする必要ないって」

そういえば前に付き合っていた人も、私に言ったことがあった。仕事熱心で、尊敬できる人だった。けれど自然に会う頻度が減っていって、

「結婚したい相手ができたから別れてほしい」

と告げられて別れた。立ち直りかけた一年後、彼がＳＮＳに新しい恋人の写真を載せた。ウエディングドレスの試着をしている写真だった。その胸元には私にもあれがあったらよかったのにと思う深い谷があった。私はおめでとうとは思えなかった。

そのときは思い至らなかったのだけれど、そうだ、一般人の自分にも豊胸手術という手段はあるのだ。

大好きな人に心からのおめでとうを言えるようになるのなら、私は大きい胸がほしい。

願わくば、Ｆがほしい。

*

遊歩道を抜けた坂の向こう側には高校があって、そのすぐそばに、まだ段ボールだらけのアパートがある。

物件は先月、ネットで見ただけで決めた。

「ここはすぐ近くに高校があって、イメージされているより結構にぎやかだと思うんですけど、大丈夫ですか」

電話で、事前に不動産仲介の担当者から念を押されたとき、大丈夫ですと答えた。

「そうですか、よかったです。こちらの物件は一階にご高齢の大家さんご夫妻も住まわれていて、とても親切な方々なのでおすすめなんですよ」

はじめて現地を見たのは、引っ越しの日だった。最初に驚いたのは、このアパートの外壁に大きな「Ｆ」が掲げられていたことだ。レトロなフォントの存在感ある「Ｆ」の看板は、しゃれているとは言い難い木造二階建てアパートから浮いていた。書類を見返すと、アパートの名前は「ファミーユ藤田」だった。三橋朝日の飛ばした紙飛行機が右手側から、結婚相手の胸元が左手側から、同じくらいの大きさでぶつかってきた気がして、くらくらした。少し前の私なら、あのＦを見るたびによみがえる紙飛行機の光景に、ただただうっとりできただろうに。

やっぱり私は、私のＦをどうにかして取り戻さなければいけない——。

「あのFの看板はね、フランス旅行に行ったときに蚤の市で見つけたのよ。すてきでしょう、ぴったりでしょう」

と、年配の上品な女性が近づいてきて、教えてくれた。それが大家である藤田《ふじた》さんご夫妻の、奥さんのほうだった。高齢と聞かされていたが、奥さんはまだ六十代くらいに見えた。

次に驚いたのが、音だ。想像していたにぎやかさとは、だいぶ種類が違った。夕方になると、いろんな楽器の音が飛んでくるのだ。パーンと突き抜ける金属質な音、ぴろぴろ繰り返される笛の音、地面を割るようなバリバリした低い音、おなかの底に響く打楽器の音。陸上競技部が走り回るグラウンドと、大家さん夫妻が趣味で手がける畑をひとつ隔てただけの二階のワンルームに、それは容赦なく届く。

引っ越しの最中も、鳴っていた。トラックが去り、大家さん夫妻へ改めてあいさつに行ったとき、奥さんは、

「気持ちのいい音ね」

と、高校の校舎のほうの夕空を見上げた。奥さんが続けて言うには、その高校の吹奏楽部は、この地域ではよく知られた強豪だということだった。全国大会まで進出するのが当然だそうだ。

「あの子たちはみんな練習熱心で礼儀正しいし、伝統で制服も校則どおり、きちっと着るのよ」

数年前には防音の練習室を作る計画もあったそうだが、近隣住民の「そんなこと気にしなくていい」という寛大な声で、立ち消えになったという。地域の温かいバックアップを受けながら、彼らは存分に屋上や中庭まで校舎全体を活用し、のびのび音を出せるらしい。

「夏はコンクールの季節だから、これからますます熱が入るはずだわ」

まるで我が子を誇るような顔で教えてくれた。

けれど、引っ越しの数日あとだった。畑の草むしりをしていた奥さんは、私を見かけると悲しそうな顔で手招きし、あの吹奏楽部が地区大会でまさかの敗北を喫したと耳打ちした。

「本当に信じられない。何があったのかしら。こんな田舎まで、吹奏楽部に入りたいからって遠くから通っている子も多いのよ。かわいそうに」

奥さんは、あってはならない悲劇だとでもいうように落ち込んでいて、

「静かな夏になるわね」

と寂しそうにつぶやいた。

それはそれで助かると私は思ったのだが、練習が止むことはなかった。それどころか、彼らはますます暑苦しい曲を奏でるようになったのだ。野球の試合の応援席で演奏される、応援曲だった。

実家の父も母も祖父も、テレビはとりあえず野球中継をつける人だった。おさないころの夏の居間と一緒に記憶されているいくつかの曲を、繰り返し繰り返し、彼らは練習するようになった。大太鼓が、がぜん張り切っている。応援団員なのだろうか、声出し要員もいるようで、合間に掛け声が挟まれるときもある。

「今年は野球部の調子がいいらしいわ。十八年ぶりに二回戦を突破したらしくって。二年生に、プロのスカウトも注目しているくらいいい投手がいるらしいの」

情報をもたらしてくれたのは、やはり奥さんだった。

「甲子園だって狙えるかもしれないわよ。吹奏楽部の子たちも野球部の応援でいきいきしているみたいで、もう、ほんとうによかった……」

目にうっすら涙を浮かべながら言うと、採れすぎたというキュウリとゴーヤの束を私に抱かせ、行ってしまった。

野球部の練習場は校舎の向こう側にある。姿が見えないからか、私にとってはどうも存在感が薄い。気になってしまうのはだんぜん、吹奏楽部だった。

士気を高め、闘志をあおる使命を持っている応援曲は、無職でＥかＦかが最大の悩みの私にはただ、暑さを助長する効果音だった。「We Will Rock You」と「必殺仕事人」のテーマ曲が繰り返し演奏された日、私は「防音効果あり」と謳われたカーテンをネットで注文した。

演奏自体は上手いような気がしないでもない。けれど、自分たちが敗れたすぐあとにもかかわらず、他人の応援を、しかもその練習を、こんなに一生懸命にできるなんて。まぶしすぎて、きれいすぎて、まっすぐすぎて、そんな清らかな熱さから、世界一おきらくな悩みでへたっている私は逃げたくなる。

どうして、そんなに他人のことを応援できるのだろう。

思えば私がこれまで、純粋に応援できた存在は三橋朝日だけだったかもしれない。顔が好き、声が好き、話す言葉が好き、佇《たたず》まいが好き、演技が好き、それは全部あてはまる。だけどそのどれかが欠けていても、私は三橋朝日を好きになったと思う。これだ、という大きな決め手は特にないのだ。ないのに、たまたま見かけたあるバンドのミュージックビデオに映っていた三橋朝日は、私の心に住むようになった。

　私はファンクラブに入った。出演ドラマを録画し、映画に出れば舞台挨拶に応募し、ネットニュースに登場すればコメントを読み込んで、ネット掲示板に彼のトピックが立てば巡回して、グッドボタンもしくはバッドボタンを押した。

　ファンと名乗るには課金も熱量も足りていないように見えるかもしれないけれど、私でも他人に無償の愛を持つことができるのだと、三橋朝日に出会ってからは思えるようになった。

　それなのに。ＥあるいはＦカップの元グラビアアイドルと結婚するというだけで、勝手にがっかりしてしまうなんて。こんな私には他人を心の底から応援できる日などやっぱり、来ないのかもしれなかった。


　夏が勢いを増していく。野球部は、三回戦も突破したらしい。応援曲は日に日に完成度が高まって、レパートリーも増え、その分どんどん、私の汚い部分が照らされていく。

　制服を毎日きちんと着こなし、坂道で私を追い越していくあの子たちから目をそらすとき、遊歩道に転がっている命の消えたものばかり見てしまう。

　干からびていくみみず、潰れたこがね虫、あげは蝶の羽一枚、あおむけの蝉、蝉、蝉、蝉、ＥかＦか、ＥかＦか、ＥかＦか……。

　私だってあの子たちみたいなころは、まだ嫉妬なんて、持っていなかったはずなのに。持っていたとしても、それはたぶん、夢や希望に繋がっていく美しいものだったはずなのに。

元グラビアアイドルの過去のＳＮＳ、豊胸体験談、豊胸手術を得意とする医師のブログ、ＥかＦか、ＥかＦか、ＥかＦか……。家で見るのも、そればかりだ。

最も時間を費やしているのはやはり、元グラビアアイドルの豊胸疑惑でいまだ盛り上がっている例の掲示板だ。そこは、トピックが立って五十日が過ぎると、新しい書き込みができなくなる仕様になっている。グッドボタンもバッドボタンも押せなくなって、閲覧だけが可能になるのだが、今のところまだ、コメントは途切れない。私はグッドボタンもバッドボタンも押さずに、チェックし続ける。私とネット掲示板の三橋朝日トピックに集う推定二十人だけが梅雨に取り残されていた。

　コンビニエンスストアに行くくらいしか外出をしていない体に、カーテンの付け替えは重労働だった。汗だくになって細かいフックへカーテンを引っかけている最中から薄々気づきはじめてはいたが、完成しても、ほとんど防音効果は感じられなかった。「タッチ」「サウスポー」「狙いうち」のメドレーは、ほぼ今までどおりの音量でカーテンを越えてきた。

　むしゃくしゃした。〈ウララ　ウララ　ウララ〉が、それを煽った。キュウリを丸かじりしてもまだ〈ウララ　ウララ〉は止まらなかった。それで、イメージＤＶＤ「ＥあるいはＦ」の配信版をダウンロードしてしまった。

　スマホの中の彼女は、私が恋人であるかのように振る舞った。朝、添い寝で起こしてから海までドライブし、砂浜で追いかけっこし、海水をかけ合って、シャワーで砂を流し合い、体を泡で包み合う。そのあいだ、彼女はずっと笑顔で、ずっと水着だった。一番知りたかったEなのかFなのかについては、最後まで明言されなかった。レビュー欄に苦情を書き込もうかと思い、それはやりすぎだと気づいて寸前で止めた。

三橋朝日はこれを見ただろうか、三橋朝日はこんな休日を過ごしているのだろうか、三橋朝日はEかFか答えを知っているのだろうか、Eであってくれ、Eであってくれ。考えながら、繰り返して見た。やがてスマホの画面では小さく感じられ、ブルーレイ版も購入した。

大画面・高画質の「EあるいはF」は、ますます私の昼夜逆転をひどくした。合奏がはじまるころになって、やっと頭が目覚めはじめる。

また「We Will Rock You」だ。

カーテンを閉めきっているのに、音は光になって私をまっすぐ刺してくる。お前はいつからこんな人間になった？　と聞いてくる。

ああ、いやだ。せっかくベッドから抜け出たのに、またフローリングに寝転がる。目を閉じても音は小さくなってくれなくて、音と一緒に、目の裏には坂を自転車で上っていく高校生たちの後ろ姿が浮かび上がる。「We Will Rock You」がやっと途切れたと思ったら、次に聞こえてきたのは、「夏祭り」だった。

君がいた夏は。

それからはじまるサビの歌詞は、思い出そうとしなくても浮かんできた。演奏はまだ少したどたどしい。新しくレパートリーに加わったみたいだ。

歌っていたのはたしか、Whiteberryというガールズバンドで——、

「ジッタリン・ジンだよ」

そう聞こえた気がして、目を開けた。

「Whiteberryは、ジッタリン・ジンをカバーしたんだよ」

と教えてくれたその声を、私は思い出してしまった。

君がいた夏は。

また目を閉じる。坂を上る高校生たちの後ろ姿の中に今度は、十七歳の自分を見つけた。私は自信なさそうに背を丸め、下を向いて歩いていた。

はっきり、見えてしまった。私の隣にはジッタリン・ジンを教えてくれた、あの女の子がいて、だけど、その手を私は自分から離した。

あの子の背負っていた真っ赤なバックパックが揺れる。

ふたをしていた思い出が、あふれてくる。大人になったらきっと——と、自分に素直に期待できていた最後の季節の思い出だ。

そうだ、私は高校生のころからこんな人間だった。

変わってしまったのではなくて、変われていないのだ。

「このゴーヤ、もらって行っていい？」

台所で手を洗っていた姉が聞いた。ふたり目を妊娠中の姉は、両親に私の様子を見てくるよう

に言われ、アパートに甥っ子を連れてやって来たのだった。

「うん、好きなだけ持ってって」

扇風機の前から返す。奥さんがどんどんくれるゴーヤは、食べられずに溜まっていった。そのにおいは、大人になったらきっと――という期待から私が外れ続けていることを、あらためて実感させる。

ちいさいときから、苦いものが苦手だった。ピーマンもゴーヤもグレープフルーツも、「大人になればおいしく感じるようになるから」と言われていたから、そういうものかと期待していたけれど、今も苦いだけでおいしいと思えない。ビールもそうだ。最初に働いた会社の飲み会で、「そのうち仕事終わりのビールがおいしくなるよ」と言われたけれど、ずっとまずい。

外見にかんしても、予想どおりにはならなかった。母も姉も二重まぶただが、私は一重だ。別に一重は一重で気に入っているけれど、母からは「あなたも大人になったら二重になるはず」と言われてきたから、肩透かしをくらった気分ではある。胸もそうで、家系で私だけが平たい。

「うれしい。子どもは食べてくれないけど、私も夫も好きなんだよね、ゴーヤ」

と姉は喜んだ。

このあいだまで寝転がっているだけだった甥っ子は、会わないうちにすっかり活発になっていて、部屋のあちこちを漁っている。

「ママ、これ何？」

ちいさい手に、いつのまにか「EあるいはF」のブルーレイのパッケージを持っていた。

「は？　何これ」

タオルで手を拭いた姉が、すばやく取り上げる。

「ああ、この人、私が好きな俳優と結婚したの」

「えっ、あの三橋朝日？」

ブルーレイ購入にいたる経緯を私が説明すると、姉は甥っ子が心配するくらい大笑いして、

「無職で引きこもってるっていうから心配してたけど、あいかわらず元気そうでよかったわー」

と言った。

「私、元気そう？」

「そういう動画見てるなら元気でしょ」

「いや、いやらしい気持ちで見てるんじゃないからね。この人の胸の分析というか、検証というか……」

「ああ～嫉妬ってこと？　そっか、うちの家系は代々大きいのに、たしかにひとりだけミニサイズだもんね。そんなに気にしてたとは知らなかったけど」

「……お姉ちゃんはどれくらい？」

「Fだけど」

と姉がパッケージを顔の横で振る。

「お母さんは？」

「Fじゃないかな」

「いま、しあわせ？」

「何なのよ、突然。まぁ、しあわせだけど」

やっぱりFだな、と思った。Fがあれば、私も――。

「何、思いつめた顔してるの」

「私、豊胸しようかなと思ってて」

「また変なこと言って」

姉は冗談だと思っているらしい。

「たかが胸だよ、たかが乳、たかが脂肪」

と、笑い続けている。うらやましかった。私だって、たかが胸と笑える人になりたかった。

掲示板の誰かが書いていたことを思い出す。

たかが胸。でも、それ、みんなは信じられる？　世の中は、その言葉を信じられるようにはできてないよね？

雑誌コーナーに並ぶ男性誌の表紙。人気アニメの女性キャラ。バストアップサプリを宣伝するインフルエンサー。世にあふれるそういうものたちの胸とはかけ離れている私では、好きな人をがっかりさせるのではないかと、ふと思ってしまう。

　そのときの、不安や申し訳なさを、姉はたぶん知らない。信じているはずの好きな人のことを、胸の大きさでがっかりするような人かもしれないと、心のどこかで疑ってしまう罪悪感を知らない。

好きな人の選んだ相手がたまたま胸の大きな人だったとき、胸が決め手になったんじゃないのか、と考えてしまって、自分を責めるようなことも、「たかが胸」と言える人には起こらないのかもしれない。

　ほんとうに自分がいやになる。外見や体型に振り回されるなんて、時代遅れだと知っている。知っているのに苦しくなってしまうから、私はどんどん自分が嫌いになる。

「でも、妊娠中に大きくなるって人も多いみたいよ」

　と笑いを止めた姉は言った。

「いろいろ変わるのよね、体質が。私は髪が変わったかな。前はもっと硬い剛毛だったんだけど、出産したら毛がどんどん抜けて、柔らかい毛に生え替わって。癖もなくなったから助かってるよ。ママ友には、授乳でめちゃくちゃ痩せた子もいるし。オーガニックな食べ物しか受け付けなくなったって子もいる。あと、よく聞くのは物欲ね。物欲が消えるって。自分の服とかコスメとか、どうでもよくなるんだって。だから、望みは捨てるな！」

　姉は、寝転がっている私の膝をぱしんと叩いてから、引き出しを漁り始めた甥っ子を止めに入った。

　そんなの信じられない。期待していた大人になれていない私はたぶん、これから先も、姉が言ったどれにもなれない。子どもができても、すてきな髪にはなれないし、痩せないし、ジャンクフードが好きだし、自分の欲しい服やコスメばかり買うだろうし、当然、ＥやＦにだってなれないだろう。

「それより、こんなに元気なんだったら早く再就職しなよ。もうすぐ三ーになるんだから、そろそろユニットバスは卒業かなとか、ワンルーム狭いな、出たいなとか、思わない？」

「思わない」

私はきっと何歳になっても、ユニットバスとワンルームが快適なままなんだろう。

「昔から、へそ曲がりだよね。泣けるって言われてる映画で意地でも泣かないし」

「泣かないんじゃなくて、泣けないの」

「それをへそ曲がりって言うんだよ。もっと素直に生きなよ」

「生きたいよ、素直に」

吹奏楽部の音出しが始まった。ばらばらの楽器の音は、チューニングのあと合奏になる。

「この曲、懐かしいね。Whiteberryの」

と帰り支度をはじめた姉が言う。

「ジッタリン・ジンだよ。Whiteberryは、ジッタリン・ジンをカバーしたんだよ」

私は、あの子が教えてくれたように、姉に教えた。

＊

君がいた夏は。

あの子がいた夏は、十六歳の夏と、十七歳の夏だった。あの子は洋楽も邦楽も詳しくて、曲が古ければ古いほど、深く敬意を表した。洋楽の歌詞をたくさん暗記しているので英語の成績だけよくて、頼んでいないのにＣＤをよく貸してくれた。

高校の一年生と二年生のときにクラスが同じだった。電車も同じ方向だったので自然と話すようになって、朝は並んで登校した。あの子は抜け道を見つけるのも得意だった。団地と団地の間の細い道、急な坂を上って下る近道、のら猫に会える遠回りの道も、あの子が見つけた。私ひとりだったら迷ってしまう迷路みたいな細い道を、あの子は自信たっぷりにずんずん進んで、私は彼女の真っ赤なバックパックを追いかけた。

あの子が放送部に入るつもりだと言ったので、私も一緒に見学に行った。私は結局、数か月で退部してしまったけれど、彼女は最後まで熱心に続けた。私とあの子は、似ていない部分ばかりだった。彼女はまっすぐな人だった。

「私はラジオのパーソナリティーになる。それで、まだ世間に知られていない曲をたくさんかけて、売れてないバンドを応援する」

と、何度も言って、私は聞き手にまわることが多かった。

放送室ではいきいきしている彼女だけれど、授業中はいねむりが多く、休み時間はほとんど音楽を聴いていたので、クラスの中では少し浮いていた。顕著になったのは、夏服に衣替えしてからだった。通学用のバックパックをはじめ、ペンケースやヘアゴム、なんでも原色が好きな彼女は、下着も濃い色を好んだ。その色は、白い夏服の背中に堂々と透けていた。それとなく指摘してみると、

「かっこいいでしょ」

と制服をまくって誇らしげに見せてくれた。低めの身長からイメージしていたよりずっと大人っぽくふくよかで、コメントに困った。

「いまＥまで来たの。目標はＦだよ」

そう元気に宣言されて、私はどんな顔で、何と答えたんだったか。

「私も、なれるかな」

と言ったのは覚えている。あの子と同じになりたかった。半分は本気で期待していて、もう半分では私は無理だろう、と気づいていた。

大人になったらきっと――。その純粋な期待どおりには進めないみたいだと気づきはじめたのは、人は何歳まで自分に期待していいんだろうかと考えはじめたのは、あのころだった。

いつからか彼女はお金をもらって何人ものおじさんに会っているらしい、とか、人の彼氏を誘惑して遊んでいる、といううわさを立てられるようになっていた。実際に接していれば、部活や趣味に忙しく、恋愛の話にもほとんど興味を示さない彼女にそんな暇はないとわかるのに、うわさはひとり歩きした。彼女も知っていたけれど、

「服装とか体形だけで、よくあんなに妄想できるよね」

と笑い飛ばすだけで、好きなものを貫き通した。

私は、彼女が好きだった。自信があるところも、周りを気にしないところも、夢を堂々と言えるところも、好きなものに打ち込めるところも、かっこいいと思えた。だけど少しずつ、一緒に

いるのが苦しくなってきたのも事実だった。

彼女を好きだと思うほど、彼女とは正反対の自分を嫌いになっていくからだった。やっぱり私は、自分の汚いところを見たくなかったのだ。

二年生になると私は、他のグループの子たちと一緒に過ごす時間が多くなった。決定的な亀裂が入ったのは、その夏だった。地元で唯一の花火大会に、彼女に誘われて二人で行った。彼女は浴衣も赤かった。

彼女がスピーカーに近い場所がいいと言ったので、花火が弾ける音よりも音楽が大きく聞こえていた。

「夏祭り」は、中盤の一曲だった。

「この曲、好きなんだ」

彼女が言った。

「Whiteberryだっけ」

「ジッタリン・ジンだよ。Whiteberryは、ジッタリン・ジンをカバーしたんだよ」

そのとき彼女は教えてくれた。ひときわ大きな花火が散ったあとで、

「今度、ＣＤ貸すね。ジッタリン・ジンのほう」

と耳元で言って笑った。

帰り道は歩道も人がごった返していて、のろのろとしか歩けなかった。めずらしく彼女の口数が減っていった。つかれたのかなと思っていたら、とつぜん、放送部の先輩に告白するつもりだ

と言い出した。

先輩は放送部の中心的存在で、数か月しか在籍していなかった私のことも気にかけてくれる人だった。恋愛の話題を好まない彼女にはっきり伝えたことはなかったけれど、ひそかにあこがれていた。今思えば、先輩の目元は三橋朝日に似ていたかもしれない。

「ほんとうは、先輩の受験が終わるまで待とうと思ってたんだけど。先輩の第一志望の大学、私と同じなんだって。それで、もう言おうって思ってる」

と彼女が報告してきた。彼女が先輩に恋しているというのも初耳だった。

「いつから好きなの？　どうして同じ志望校だと、もう告白するの？」

「いつからって、いつのまにかだよ。好きってそういうものでしょ。私と同じ大学に行けるんだって思えば、先輩ももっと受験勉強をがんばれるかなって思って」

「え、それって、先輩が告白をＯＫしてくれる前提ってこと？　先輩が自分のことを好きだって自信があるってこと？　いま告白することが、先輩の追い風になるって思ってるってことだよね？」

「そうだけど」

「ねえ、どうしてそんなに自信があるの？」

私は彼女を、うらやましいと心の底から思った。まぶしすぎて、めまいがした。それで、そんな言い方をしてしまった。

「自信があっちゃいけないの？　私なんかがＯＫしてもらえるわけないって思ってる？　応援し

てくれないの？」

私は黙って、立ち止まってしまった。

「いつもそうだよね」

一歩前に出た彼女は、振り向いてから言った。

「いつもそう。私が将来の夢のことを話してるときも、さめた目で見てるだけだったよね。『どうしてそんなに自信があるの？　どうせ叶いもしないくせに』って、ずっと思ってたんでしょう」

「違うよ。ただ、自信があるところとか、夢を堂々と人に言えるのとか、うらやましい」

私が言うと、

「どうしてそんなに自信ないの？　どうして夢を人に言えないの？」

と彼女は聞いた。

「わからないよ。自信も夢も、最初からないから。たぶん叶わないだろうって思ってる夢なんて、ないのと同じだし、そんなの人には言えない」

「どうして叶わないって思うの？　私の夢も、どうせ叶わないって思ってた？」

「そういうわけじゃない」

私の言葉は、ここでも自信なげに落ちていくだけだった。二人を迷惑そうに人が避けていった。

「もういいよ」

彼女は先に行ってしまった。

「がんばってって、言ってくれると思ってたのに」

あとから彼女と先輩が付き合いはじめたと耳にした。たまに、先輩と並んで登校する姿を見かけた。「おめでとう」は素直に言えそうになくて、私は彼女をますます遠ざけた。

もうＣＤを貸してもらうことはなかったけれど、「あの子はＦらしい」といううわさは学年で広まっていた。三年生でクラスが離れて、私たちはそのまま疎遠になった。

卒業式の日、第一志望に受かって先に大学生になっていた先輩が、彼女を校門まで迎えに来ているのを、別の友人に挟まれながら遠くから見て、すぐに目をそらした。あの子のことも、自分を嫌いだった高校時代のことも、はやく忘れてしまおうと思った。

がんばって。

おめでとう。

幸せになってね。

どれも私は、あのときから言えなかったのだ。

*

「Ｆは、無理ですね」

美容整形クリニックの無料カウンセリングで告げられた帰り道、アパートに掲げられたＦは、私を慰めるように夕日に照らされていた。

「無理……」

最も手軽なヒアルロン酸注入や、太ももから吸い取った脂肪を胸に入れる方法では、おすすめできるのは２サイズアップまでだと、向かい合った女医さんはたんたんと説明した。それではたしかに、私にＦはほど遠い。

「はい、無理というか、現実的ではないんです。シリコンだと可能と言えば可能なんですけど、かなり不自然な見た目になりますね」

急に冷房がきつくなったように感じた。

「どうされますか。ご希望の予算的には、ヒアルロン酸がおすすめですが」

私はスマホで、あの元グラビアアイドルの画像を見せた。

「あの、これくらいになることは……」

こういう画像も参考写真として見慣れているのだろうか、医師は動じなかった。

「先ほども言いましたようにシリコンでできないことはないですが、私はおすすめしません。脂肪注入を複数回に分けて施術する方法もありますけど、予算はオーバーしますね」

「ちなみにこの方って、先生から見たらＥですかＦですか」

「静止画だけでは何とも……」

すばやく操作して、「ＥあるいはＦ」配信版を再生する。波打ち際を走るシーンを選んだ。医師は目を細めてじっくり見てくれた。

「どうですか」

「明言はできませんね」

もう、破れかぶれだった。

「先生、どうか、ＥかＦかだけでも……」

「ですから、分かりません。無責任なことは言えませんので」

甘い言葉で整形を安易にすすめたりはしない、誠実な医師であることは、伝わってきた。これ以上困らせたくはなかった。

「じゃあ最後に、豊胸、豊胸はしてますか」

「……私の見立てでは、天然ものだと思いますが」

そのあと、どうやってアパートまで帰ってきたんだったか。正式な申し込みを保留にしたことは、覚えていた。

ＥかＦかは、わからない。Ｆは、私の手に入らない。

Ｆ列の奇跡の光景がかすんでいく。すべて幻か、思い込みだったのかもしれない。私はどうしたらよいのだろう。

アパートの玄関のドアノブに手をかけたとき、背後から聞こえたのは、「狙いうち」だった。

ウララ、ウララ……、この曲は、私をいつも惑わす。

スマホを取って、リダイヤルした。

「すみません、きょうカウンセリングにうかがった者ですが――」

雨の順延を乗り越えて、野球部は準々決勝も勝ったらしい。町全体がどこか、球児にプレッシャーをかけない程度に浮かれている。

呼び鈴が鳴って、キッチンのゴーヤが溜まっている籠が見えない幅に扉を開けた。

「起きてた？」

一階の奥さんは、私の昼夜逆転生活に気づいているらしく、何かと声をかけてくれるようになっていた。

「準決勝に行けるなんて、奇跡みたいなことよ。生きてるうちに、あの野球部が甲子園に行くチャンスなんて、もうないかもしれないと思うのよ。だから、あさっての準決勝は私と夫も応援に行こうと思ってるの」

「……はい」

「一緒に行かない？　実はもう、伝手《つて》であなたの分のチケットも手に入れちゃったのよ。車も出すわよ」

奥さんは、会場と時間を告げた。スケジュールを確認しなくとも、わかった。準決勝の日は、豊胸手術の予約を入れている日だった。結局、あの先生の忠告を聞かず、シリコンバッグでＦを目指すことを選んだ。

ほんとうにするのか？　歯医者の麻酔でさえ苦手なのに？　ローンはどうやって返す？　貯金はもうすぐ底を尽くぞ。両親や姉にはなんて言う？　よく考えたらまだ手術は現実的ではないはずなのに、後には引けない気持ちになっていた。

「でも就職の面接が入るかもしれないので……」

奥さんにうそをついてしまった。面接用のスーツはしわくちゃのまま、クローゼットに詰め込まれている。

「行けたら行きます、電車で」

「そう？　わかった、気が変わったらいつでも教えてね」

「はい、ありがとうございます」

奥さんの足音が消えるのを待って、私は外に出てみた。あの子に会いたいと思った。あの子なら今の私になんて言うだろう。

空は紫色だった。そろそろ、合奏がはじまる。畑の脇を通り抜け、コンビニエンスストアとは反対方向へはじめて足を向けた。そこに行ったって、真っ赤なバックパックのあの子に会えるわけではないけれど、まっすぐでまぶしい音をもっと近くで浴びたら、もう少しちゃんと思い出せるような気がした。

校舎に近づくと音の張りや厚みが増していった。アパートの二階まで届いていたのは、あくまでも音楽の一部だったのだと思い知る。暑苦しい、うるさい、むしゃくしゃする、と思いながら聞いていた曲だったのに、近づけば近づくほど、胸の奥に届く。

一階にひと部屋だけ明かりが点いているのが、フェンスと花壇の向こう側に見えた。校則どおりに制服をまとった部員たちが並んで、楽器を構えている。

五十人以上は、いるだろうか。遊歩道で見かけた子がいる。男子部員も、想像していたよりずっと多い。指揮棒を振っているのも学生らしい。彼女が合図をすると演奏は止まり、彼女が手を振り上げると、またはじまる。今演奏しているのは校歌のようだった。

まぶしい。けれど、卒業式の日に目をそらしてしまったあの子を今、もう一度見つめるみたいに、大きさも色もさまざまな楽器を構える部員たちのことを、見えるぶんだけ、ひとりずつ見ようとした。

ひとかたまりの光に見えていた彼らの見た目は、あたり前に、ひとりひとり違った。内側は想像しかできない。だけど、まぶしく清らかな存在に見える彼らでも、それぞれが自分の中に、誰にも言えないものを抱えているのだろうと思った。深刻なものもあれば、人に話したら「たかが」と笑われるようなものや、希望とは呼べない種類の嫉妬だってあるのかもしれない。私がそうだったみたいに。

私は、まぶしさに照らされる自分を見ないように目をつむっていた。まぶしさを作る光のひとつひとつを、見ようとしていなかった。

未来と希望があふれる高校生たちは、純粋。きよらか。前向き。無垢。青春まっただ中。さわやか。まっすぐ。そういうひとことで言えるイメージでくるのではなくて、ひとつひとつをちゃんと見られるようになったら、見える世界は変わるだろうか。

演奏が止まると、部員のひとりが窓の外の私に気づいて、会釈をした。

「こんにちは」

と、その子の口は動いたように見えた。すると、続いて部員全員がこっちを向き、声をそろえた。

「こんにちは！」

想像していたより大きな声のかたまりに、私は一歩後ずさりした。まさか窓とフェンス越しにあいさつされるなんて思っていなくて、この期に及んで戸惑った。へらりと笑い、かっこわるい会釈しか返せなかった。

「いつもごめんなさい、うるさいですよね」

指揮棒を握っている女の子が窓を開けて、大人びた口調で言った。

「いえ、その」

こういうときなんて言えばいいのだろう。

「『夏祭り』、好きです」

小学生みたいな言葉しかでてこなくて、私のほうがずっと年下であるような気がしてくる。

「『夏祭り』、代打用の応援曲ですね」

「そうなんですか」

「はい。次の試合でも演奏できるといいんですけど」

「そう、ですね」

私の立つ側は、日が沈み暗くなり始めていて、蛍光灯に照らされる生徒たちのことが、とてもよく見えた。立ち去りかたが、わからなくなった。

「あの」

口ごもってから、なんとか言葉に出した。

「がんばってください」

部員たちは今度は声を揃えず、口々に「ありがとうございます」と声を張り上げた。


準決勝であたるのは、甲子園常連で県内一の強豪校だそうだ。朝、首からメガホンをさげた奥さんが念押しにやってきた。

「私たちもう出発するけど、ほんとうに乗っていかなくていい？　やっぱり面接入っちゃった？」

寝巻きにしているTシャツと短パンの姿で、面接はうそだとばれているはずだが、奥さんは優しい。私はクリニックに、ほんとうに行くつもりなのか？　自分でもよくわからない。わからないまま、夜どおし「EあるいはF」を見ていた。

まだ、ぼうっとしていた。

「これチケット。一応、渡しておくからね」

奥さんは温かい手で私に握らせる。

「はい……、行けたら行きます」

下に停まった自動車に太陽があたっている。助手席には、奥さんとおそろいのメガホンをさげた旦那さんが、後ろには隣の家のおじいさんが首にタオルを巻いて乗っているのが見えた。まるで決勝戦のような盛り上がりだ。

「こんなに気合い入れて応援に行ったら、ここで負ける可能性が高いと思われてるってこと、野球部にも伝わっちゃいそうですね」

思わず口をすべらせてしまうと、奥さんは心から驚いたように目を大きく開いてから、

「そんなこと、ぜんぜん考えてなかったわ」

と笑った。

「負けるなんて思ってない。勝つ、勝つわよ。あの子たちは勝つって信じてるから応援に行くのよ」

ああ、と思った。まぶしさに年齢は関係ないのだ。

奥さんたちが行ってしまうと、少し考えたあとで、私は外に出た。また決めかねたまま、遊歩道を下った。

かばんに入っているのは財布とスマホとタオルが一枚、チケットが一枚。私はこのままクリニックにも、球場にも、どちらにも行ける。高校は夏休みに入っていた。生徒たちも応援にかりだされているのだろうか、高校へ向かう生徒の姿はいつもよりさらに少なかった。

一旦、いつものコンビニエンスストアに入ってお茶を買う。雑誌コーナーの男性誌の表紙には、変わらずＥやＦレベルが集っている。

駅へ向かうと改札前には、公開間近の人気アニメ映画と鉄道会社がコラボしたポスターがあった。メインの女性キャラクターはどう見てもＦ以上だ。

電車が動き出す。目の前に座っている人が、水着のグラビアが載っているタブロイド紙を読ん

でいる。胸の四分の三をあらわにして笑っているその人も、ＥあるいはＦ以上のはずだ。

「たかが胸」

どんなにそう言われたって、まわりを見渡してみれば、その言葉を簡単には信じられないようになっているじゃないかと、また思う。だけど。

「勝つって信じてるから応援に行くのよ」

奥さんの声が、少しずつ大きくなっていく。頭の中で、表紙の谷間や重力に逆らうイラストを追い出すようにずっと、彼らの音が鳴っている。

「『夏祭り』、次の試合でも演奏できるといいんですけど」

指揮棒を持った女の子の声も、している。

クリニックがある駅で降りた。人波に押されて、改札の手前まで行った。立ち止まると背中に人がどんとぶつかった。

胸じゃない、と思った。

降りたばかりの電車が、発車を知らせるメロディーを鳴らしていた。階段を走って上がり、ホームに戻ったけれど、扉は鼻の先で閉まって、電車は行ってしまう。突然走ったことで鼓動は速まっていて、その上へそっと手をのせる。胸じゃない。

Ｆ列の思い出を守る方法は、それじゃない。

おめでとう。

がんばって。

幸せになってね。

私が言えないのは、大きな胸を持っていないからじゃない。

私はたぶん、Ｆになっても人にあこがれて、嫉妬して、まぶしいと思うだろう。

ずっと前から、気づいていたはずだ。私は、自分が傷つかないように、まぶしいものから目をそらして、ちゃんと見ようとしない。ちゃんと見ていないのに、外側だけで決めつけて、安易なイメージを当てはめる。そのイメージに勝手に嫉妬して、自分に足りないものばかり見る。現実は期待どおりにいかないんだよ、と大人になったふりをして、だめだったときに自分を守る言い訳を用意する。

そういう私に必要なのは、Ｆになることじゃない。ちゃんと見ること。そして人を、信じることかもしれなかった。

あのころ、あの子に謝れなかったのは、私が謝ったって許してくれないだろうと決めつけていたからだ。

三橋朝日のことだって、信じるだけでよかったのだ。彼が愛した人ならばと、どうして信じられなかったのだろう。

私はあの子を信じればよかった。三橋朝日を、私と三橋朝日の世界が交わった一瞬があったことを、ただ信じればよかった。

電線の上にはいつかのようにハトがとまっていた。私は鳩胸の先の、青い空を見る。信じれば、Ｆは私の心の中にある。

次の電車で球場の最寄り駅に降りた。改札を出たところにまた、アニメ映画と鉄道会社がコラボしたポスターがあった。主人公の隣にいる女性キャラクターはさっき見たとおりF以上だが、よく見るとその隣には、親近感を覚えるすっきりした胸の女性キャラクターも描かれていた。男の人はどうせ大きいほうを好む、というのだって、私の決めつけだ。

ちゃんと見たい。ひとりひとり見たい。信じたい。

入場口でチケットを渡すと、

「間に合ってよかったですね」

と声を掛けられた。

「もうそんな終盤ですか」

「いえ、いま五回ですけど、もうすぐコールドです」

勝っているのかもしれない。そう希望を持つことができたのは一瞬で、彼らは大差で負けていた。

私は外野席の一番うしろで、立って見た。全校応援のようで、観客席には見慣れた夏の制服が並んでいた。吹奏楽部は、内野席の前の方に応援団と一緒にいた。金色の楽器と銀色の楽器が太陽に照らされて、それはまさに光だった。私はまた、安易なイメージに当てはめようとしているのかもしれない。けれど、その音はほんとうにまっすぐな、祈るような音だった。

ツーアウト、ランナーなしで迎えた最後のバッターは、代打だった。今までずっとベンチだった三年生だと前にいる人が話していた。コールド負け寸前にそんなの、思い出づくりだと言っているようなものじゃないか。それともまさか、彼がとつぜんホームランを打つような、劇的な展開に賭けているんだろうか。そんなの私が苦手な、必ず泣けると言われる映画みたいじゃないか。そう思いながら、目を離さなかった、離せなかった。

「夏祭り」が始まった。彼がベンチから飛び出ると、ひときわ大きな歓声が沸いて、拍手が鳴った。

一球目は、空振りだった。

応援がどんどんふくらむ。応援団がもっと強く、もっと強くと合図を出し、「夏祭り」は別の曲のように激しくなる。指揮棒を持ったあの女の子も腕を振る。強く強く。フォルテ、フォルテ、フォルテシモ。フォルテはＦだ。違う、今は、それどころではない。あの胸元がちらついて、すぐ消える。

二球目、空振り。

あきらめることを知らないみたいに演奏は繰り返される。もっと大きく、もっと強く。Ｆの文字が、グラウンドに見えた。またあの胸元が現れようとして、ぎゅっと目をつむってしまいそうになる。フォルテ、フォルテ、フォルテシモ、Ｆ——。

ああもうどっちでもいい、ＥでもＦでも、どっちでもいい。

私は、頭を振った。ちゃんと見るのだ。バットを構える彼の最後のひと振りを見逃したくない気持ちのほうが、勝った。

応援している人たちの背中も見渡す。ほんとうはみんな知っているのかもしれない、と思った。

こんなとき、代打のあの子がとつぜんホームランを打つようなことは、めったにないと知っている。思い出づくりで終わるだろうと知っている。泣けると約束されている映画みたいに、奇跡がおきることはそうそうないと知っている。

だけど、わかっていても、信じたいときはあるのだった。泣けると言われているとおりに、泣いてみたいときもあるのだった。

「がんばれ」

声が出ていた。小さすぎて、バッターボックスに居る彼はおろか、吹奏楽部のもとまでも届かない声だった。

「がんばれ」

けれど、口から確かにこぼれていた。

三球目が投げられる。彼が思いきりバットを振る。三振だった。

「夏祭り」は中途半端なところでぷつりと途切れて、甲高いなにかの音色だけひとつ、宙に浮いてから消えた。

あたりまえに負けの瞬間は訪れて、サイレンが鳴る。

相手校の校歌が演奏されたあと、吹奏楽部は大切そうに楽器を磨き、ケースにしまっていった。

その後ろ姿は、ほんとうに負けたのだろうかと疑いたくなるくらい、たんたんとしていた。まだなにかを信じているようなおだやかな空気が、そのまわりを包んでいた。

なにを信じているのだろう、と想像してみる。私だったら、この先になにを信じられるだろう。

観客はどんどんいなくなる。早くもグラウンドにはトンボが入り、真新しい白線が引かれていく。勝ち負けの余韻があっというまに消えていくのを、立ったまま見ていた。

「来てたのね」

奥さんは、私を見つけた。日焼け止めが汗で浮いて顔が白くなっていて、それを見たらなぜか泣きたくなった。

「帰りは車、乗っていってね」

後部座席に、往路でも乗っていた隣の家のおじいさんと並んで座ったが、おじいさんはすぐに居眠りをはじめた。肌に沁み込んだ日差しの香りが満ちている車に揺られながら、私はネット掲示板の、三橋朝日の結婚トピックを開いた。

新しい書き込みはほぼなくなっていた。四日前の「目頭も整形してると思うんだよね」という誰かのひとことが最新だった。グッドボタンもバッドボタンも、押されていない。もう私しか、見ていないのかもしれない。

書き込みのできなくなる期限が、近づいていた。

私はとりあえず、三橋朝日が幸せになることを信じようと思った。

「おめでとう」

はじめてコメントを書き込んだ。窓の外の、空を見る。消えそうになっていたあの紙飛行機をたぐり寄せるように思い描いて、空に重ねる。

「これからも応援しています」

連続で投稿していく。

「がんばってください」

「幸せになってください」

グッドボタンがすぐ、ひとつずつ灯った。

ブラ氏の告白

ブラ氏の噂を、私も聞きました。

「このあたりで夜、トレンチコートの中にブラジャーを着けた男が出る」

娘の、中学時代の母親仲間が教えてくれたのです。ちょうどひと月前のことでした。駅前の交番の掲示板に注意喚起の貼り紙があったと、その奥さんは言いました。そういう不審者情報に神経質になっていた頃が私にもありましたが、ひとり娘が結婚して家を出てからは、とんと疎くなっていました。

「ブラ氏って呼ばれているらしいわ」

「ブラジャー？　下は？」

と私は思わず聞きました。

「さあ、そこまで知らないけど。でも、そういう人なら下は穿《は》いていないか、穿いていても女性ものを穿いてると思うわ、きっと」

芸能ゴシップを話すような調子で奥さんは答えました。残暑の厳しい日で、奥さんはレースクイーンのような日傘をさしていたので、私はその陰に入れてもらいながら、話を聞きました。奥さんの化粧品の香りが濃くなって、コンクリートや電信柱が発光しているように見えたのを覚えています。

私は、コートの中にブラジャーをしていて、もしもパンツもちゃんと穿いているなら、それだけでは犯罪にならないのでは、とも少し考えていました。

「コートの前をはだけて、見せつけてきたりするタイプの人ってことかしら」

不審者を擁護しそうになった自分をごまかすように、そう聞きました。

「注意喚起をされてるくらいだから、そうなんだと思うわ。小太りの男らしいんだけどね、それで、ブラジャーがすごくいいやつらしいの」

「いいやつって」

「ゴージャスっていうか、華やかっていうか。あのお金持ちのなんとか姉妹みたいなイメージ。それで、桜色だったんですって」

「そんなことまで掲示板に」

「まさか、その部分は松居《まつい》さんちの奥さんから聞いたの。とにかく、素敵ないいブラジャーしてるんだって。私たちなんかよりずっと」

その奥さんと下着を見せ合ったことなどないはずでしたが、私も常日ごろ素敵じゃないブラジャーをしていると決めつけられていて、そしてそれは間違ってはいませんでした。私は頷きました。

「なんとか姉妹といえば、あの二人、本当の姉妹じゃないって知ってた？」

奥さんの話がゴージャスなんとか姉妹に逸れていったので、私はまた何度も頷きながら聞いていて、そのうちに、あっ、と思ったのです。

その不審者は、私かもしれない。もしくは、私がものすごく、よく知っている人かもしれないと。

だからこのひと月、考えて考えて、私はここへ来たんです。すべてを、話すことにしたんです。

本当の話をします。私は一度、なんとか姉妹が着けていそうな下着に囲まれたことがあります。二年前の夏のことです。

四年ほど前から、家事代行サービスのパートを始めました。それまでやっていたスーパーの固定シフト勤務より、時間の融通が利くんです。スタッフ登録の際、希望する作業を選ぶことができ、私は掃除と洗濯だけを希望しました。社員からは、料理も希望すれば紹介できる案件が一気に増えると説明されましたけれど、選びませんでした。他人の作った汚れを落とすということと、他人が口にする食べ物を作るということの間には、大きな隔たりが感じられるからです。

その夏のある日、私は部屋の片づけのみという案件を紹介され、一時間弱かけて都心に建つマンションの一室を訪ねました。六本木の駅から徒歩数分という立地から、豪華な高層マンションを想像していたのですが、着いてみると路地裏の古い三階建てアパートで、風呂なしのワンルームでした。

事前に教えられたように管理事務所から借りた鍵を回して扉を開けると、中には下着だけが、どっさりとありました。

熱がこもった部屋からは、むっとするような重く甘い香りがしていました。たとえるなら、夏が腐った匂いです。

下着とそれを積み上げた鉄製ラック以外、ほぼなにもない部屋でした。最高気温は確か三十度以上という予報だったので、冷房のリモコンを見つけたときは、ほっとしました。ひとつだけあった正方形の窓は、ブラインドがきっちり閉められていました。依頼主からは、空気を入れ替えるために窓を数分開けるのはよいが、それ以外は極力閉め、ブラインドは上げないようにとの指示もされていました。

私はまず、夏の腐った匂いを薄めたいと思って、言いつけどおりに少しだけ窓を開けました。隙間から外を覗くと、切り取られた青い空と、テレビでよく見る六本木ヒルズの円柱形のビルの一部がすぐそばに見えて、気持ちが高揚しました。

依頼人の詳しい事情は知らされないものですが、女性だということは、書類上で知っていました。そこは、下着を保管するためだけに借りられた場所だったようでした。ブラジャーもパンツも、都心の百貨店に並んでいるような上等の品ばかりに見えました。同じ色、同じデザインはなく、ひとつひとつがオーダーメイドの作品のようにも見えました。でも、それにしては下着の保管状況にはこれといった愛情が感じられませんでした。どれも、使い古されているわけではなさそうでしたが新品というわけでもなさそうで、身につけられた形跡があるのかどうかも、よく分かりませんでした。ただ部屋の右側に並ぶラックにはパンツが、左側のラックにはブラジャーが、雑然と積み重なっているだけでした。

依頼人が留守の間に、一人で作業を進めることになっていました。ラックの下着をひたすら段ボールに詰め、指定された配送伝票を貼る。送り先の名前も、依頼主と同じでした。終わったところで、宅配業者を呼ぶという流れでした。畳んだり整えたりせず、放り込むだけでよいと指示書には書かれていました。

窓を再び閉め切って、冷房を入れてから作業に取り掛かります。

保管は雑でも、一枚一枚手に取ると、いちいち胸の奥がすぼまって、そこから甘いものが染み出てくるような気持ちになりました。やはり、高級な品だったのでしょう。つやのある生地に触れたとき、溶けかけた氷の表面を指が滑っていくように感じました。こまやかなレースに揺れるリボン、縫い付けられたビーズ、シルエットをきれいに見せるワイヤー、小さなホックに細い肩ひも。まじまじ見てはいけないと思い、わざと焦点をぼやかすようにしていましたが、そうするとばらばらの下着がひとつの大きな集合体となって、さらに輝くように感じました。天井を覆うほどのシャンデリアといったイメージでしょうか。

狭いワンルームの中は、窓を閉め切ると、降りた地下鉄の駅の喧騒など嘘だったように静かでした。図書館のようでした。この世で今、動いているのは自分だけなのかもしれないと想像してしまうほどで、その中でひとり、壊れ物のような下着に触れ続けていると、なにかが麻痺していくような、別の自分が、作業をしている自分をシャンデリアから見下ろしているような感覚にもなってきたのです。

やがてブラジャーのサイズがすべて同じであるらしいことに気が付きました。いけないと思いつつも、いくつか見えてしまった洗濯表示のタグにはどれもA70とあったからです。つまり持ち主は、ささやかなサイズの胸を、このように素晴らしい下着で包んでいるのだ。そう思うとますます、愛おしさに似た気持ちが湧きました。なぜかというと、出産するまで、私の胸もA70だったからです。過去の、まだ若かったころの自分へ向けて、大丈夫、がんばれと、届かない言葉を、つぶやきたくなりました。

そうしているうちにふと、魔が差しました。まさに魔が差したとしか言いようがない感じです。一枚もらっていってもよいのではないかと思ったんです。

私は今ではそのような記号が用いられないカップ縫い付け型のタンクトップばかり着ていますし、アンダーバストの周囲を示す70は、恥ずかしながら、おそらく85くらいまでに成長しているでしょう。ですが、ああ、この下着は、出産をしない選択をしたほうの自分の下着だ、と天からのお告げのように思ったのです。

きょうの依頼主はもうひとりの私。産まないほうを選んでいたら着けていたはずの下着が、行き場をなくし、ここに溜まっているのだ。不思議なくらいの確信が湧き始めました。

今振り返るとどうかしていたと思いますが、その時の私にとっては、納得のいく理論と結論でした。作業を続けながら、そのことに気づいてしまったからには、ひとつもらっていかねばならない、それが当然の権利だとまで思っていました。同じ数だけブラジャーとパンツがありましたが、意識はブラジャーにばかり向かいました。

作業は午後五時までとされていましたが、予想以上のスピードで進めることができ、午後一時をまわるころには、終わりに差し掛かっていました。私はこういった単純作業の手際がよいのです。部屋の隅には中身の詰まった段ボールが溜まっています。

ひとつもらっていくのは当然の権利だと思う一方で、ばれないだろうか、ばれたらどうなるのだろうかという罪悪感も同じくらいにあり、手が震えたのも事実です。

私は、目をつむり、最後の段ボールに右の腕を肘まで突っ込んで、ほとんどくじ引きのようにひとつのブラジャーを選んで引き抜くと、そのまま自分のかばんの奥に仕舞い込みました。レースとワイヤーが一体になったものの手触りは、幼いころの秋の夕、兄と大きなとんぼを鷲掴みにしたときのものと似ていました。とんぼのように飛んで逃げてしまわないように、私はかばんをきっちり閉めました。

段ボールを宅配業者がひとつ残らず運び出してしまっても、まだ午後一時三十分を過ぎたばかりでした。私は五時を待たず、その部屋を後にしました。

あの日、私が選んだのは、どんなブラジャーだったんでしょうか。それを思い出そうとすると、あの日のこと自体が夢の中の出来事だったかのように、ぼんやりと靄《もや》がかかってしまうのがもどかしいです。

下着部屋を出たあと私は、かばんの奥に秘密を潜めたままで、地下鉄へ乗りました。裕福な家庭の子が通うとされている私立小学校の制服を着た、女の子四人組も同じ駅から乗り、私の向かい側に並んで座っていました。その中のひとりは、おしゃべりに加わっていませんでした。私のことを、観察しているようでした。艶のある髪をふたつに結って、ちいさな唇が聡明そうな女の子でした。

彼女から見たら、私の世代はおばさんどころか、おばあちゃんでしょうけれど、私はこわくなってきました。その子に盗ったブラジャーを持ち歩いていることを見透かされている気がしてきたのです。寒いくらいの車内で、上半身にだけ気持ちの悪い汗がにじみました。やがて私は少女の視線に耐えられなくなって、今まで降りたことのない駅で途中下車をしてしまいました。そのまま構内のトイレに駆け込んで、個室の中の汚物入れにブラジャーをぐしゃっと押し込みました。

　私がもっと若いころ、どの駅だったかは忘れましたが、同じような都内の地下鉄のトイレのくず入れに、まだ瑞々《みずみず》しい花束が捨てられていたのを見たことがあります。薄紫色を基調とした花をリボンでまとめた、大きな花束でした。どんなに美しくても、捨てられるときは捨てられるのだと思いました。美しいということは非日常なのだと思いました。そのときのことを、思い出しました。

　さようなら、さようなら、ごめんなさい。こんなところに置き去りにしてごめんなさい。着けてあげられなくて、ごめんね。似合わない私になってしまって、ごめんなさい。蓋を閉じて見えなくなった下着へ、子どもを産まなかったほうの自分へ、謝っていました。私はあなたを選ばなかった。日常を選んだ。

　結婚して、娘を産んで、そのことに後悔など一切ないつもりでした。その代わりに自分が得たいものなんて、ないつもりでした。むしろ、ひとりでいたって私は、何も得られなかったでしょう。だけれど謝っていました。とんでもない間違いのほうを選んでしまった気持ちになっていました。私はここまで来てしまったのだから、もう取り返しはつかない。涙がこぼれそうでした。

化粧直しの道具は持っていなかったので堪《た》え、代わりにトイレの水を一度流しました。大げさなほどの音がして、水は流れていきました。

個室を出ると、大きな荷をひとつ下ろしたような、妙にさっぱりとした気持ちになっていました。私は帰宅し、いつものように夫と夕食をとりました。

奥さんからその不審者の噂を聞くまで、不思議なほど、その夏の一日のことを忘れていたのです。持ち出したブラジャーの色だけは、やはり今も思い出せません。というより、おそらく私は最初から最後まであれを直視していなかったのではないでしょうか。

でも、思ってしまったのです。あの日、私が盗って地下鉄のトイレに捨てたのは、桜色のブラジャーだったんじゃないかと、思ったのです。

ここで、本題です。

例のブラジャーの不審者、私ではないでしょうか。

私だと思うんです。二年前、あのような盗みを、今思えば異常なほどに淡々と犯し、きれいさっぱり忘れていた自分がいかにもやりそうなことです。あの時のように私は、ほとんど無意識のうちに、やってしまっているのではないかと思うんです。

近所の奥さんは小太りの男って言ってましたけど、あなたもお察しのとおり、私だって暗いところで遠目に見れば、小太りの男なんです。いえ実際、私は生物学的には女です。ですけどあなた、私が男か女か、夜道ですぐ見分けがつきますか？　私だって、松居さんちの奥さんを遠くから見かけて手を振って近付いてみたら、松居さんちのご主人だったってこと、ありますよ。それくらい、我々の世代の体型って、だんだん男も女もどっちにも見える感じになっていくみたいですし、夫婦で似てくるんです。

　不審者が私なのだという証拠ですか？　……そうですね、パート先に聞いていただければ、二年前の夏にそのアパートへ派遣された事実は証明できると思います。地下鉄の防犯カメラの映像は、二年も残っているものですか？　ああ、それか、もしかしたら家のたんすやクローゼットや棚、すべてひっくり返せば出てくるのかもしれませんね、桜色のブラジャー。

　いえ、ちょっと待ってください、もしかしたらそれ、今も着けているかもしれません。最近、自分が怖いんです、無意識のうちに何かしていることが多いんですよ――。

*

　この女は、ぼけはじめている。目の前の女性警察官に、そう思わせたほうが都合がよい。だから要領を得ない話し方も、弱々しい声のボリュームも、由美《ゆみ》本人にとっては計算の上だった。

　由美はトレンチコートの一番上のボタンへと指先をかけた。

　担当の警察官が女性でよかったと心から思ったそのとき、交番の奥の電話が鳴った。由美の話のメモを取っていた女性警察官の手が止まって、それまで由美の話を、笑いもせず、つっこみも入れず、辛抱強く聞いていてくれていた彼女とは別の、もう少し年かさの男性の警察官が受話器を取ったようだった。ひとこと、ふたこと、低い声で話している。空気が緊張しているのが分かった。

由美の体もつられて硬くなった。が、警官は由美たちのほうへ振り返って、言った。

「ブラ氏、今捕まったって。朝っぱらから現行犯」

由美の体中から力が抜けた。警察官は再び受話器に向かって何か告げて切ると、由美の方へ歩み寄り、目線の高さを合わせるようにかがんだ。それから、

「そういうことで奥さん、犯人は、あなたではありません」

微笑みながら、幼稚園児に使うような声色で言った。

間に合わなかった、と由美は思った。

「大丈夫ですよ、奥さん。あなたじゃ、ありません。ほらそんな顔しないで」

間に合わなかった。

「じゃあ俺も行ってくるから。ここは頼みます。奥さん、気を付けて帰ってくださいね」

その警察官が出て行ってしまうと、女性警察官は、表の掲示板の不審者情報の貼り紙を一枚はがした。ブラ氏の情報だろう。そのあとで、由美に温かいお茶を入れて持って来てくれた。

「せっかくですから飲んでいってください」

私じゃなかった、と由美は思った。いや、そうじゃない。それよりも何よりも、間に合わなかった。間に合わなかったのだ。

由美はお茶に手を伸ばせなかった。女性警察官の顔をぼう然と見つめる目は、暗かった。

「どうされました、大丈夫ですか」

また優しい声で聞かれ、由美は自分がどんどん年老いていく気がした。

「すみません、まだ話していいですか」

女性警察官は苦笑いを押し込めたように口角を上げてから頷き、もうメモとペンに手は伸ばさなかった。

*

お忙しいのにごめんなさい。……今度こそ、本当の話をします。

さっきの話ももちろん、本当ですが、今度のほうがさらにもう一歩進んだ本当です。一週間前の出来事です。これが、私をここに来させた一番のきっかけです。

一週間前のその日、パートが一件、依頼人の都合で急きょキャンセルになりました。私が予定より早く帰宅すると、寝室にしている和室の襖《ふすま》は、半開きになっていました。その奥では、夫が、畳に仰向けになっていたんです。

い草の香りに脱力しきった全身を包まれて、障子の和紙を通り抜けた十月の陽を浴びていました。平和な午睡の風景であるようにも見えましたが、私の手からは、林檎と卵の入った買い物袋がすべり落ちました。殻の崩れる不吉な音が立ちました。それでも夫は、ぴくりともしませんでした。

私はどうするべきなのだろうか。悲しみとも恐怖とも呼べない初めての感情でした。混乱していたのでしょうか、気が付くと私の手は襖を閉めていて、夫の姿が視界から消えました。

そうか、通報か。通報しなければならないのか？　と思った瞬間、どうでもいいことが頭をかすめました。夫の寝息のことです。結婚の決め手のひとつは、彼の寝息の好ましさだった、ということです。

彼はどんなに熟睡していても口を閉じ、ちゃんと鼻で呼吸をしました。ときに呼吸が止まっているのではないかと心配になって、近付いて胸の上下や鼻からの呼気を確認してしまうほど静かなのです。五つ年上の彼の胸板に自分の頭を預け、鼓動と鼻息に耳を澄ます夜は、安心できる時間でした。

ぴー、ぷす、などといった間の抜けた音など、まず出しません。もちろん、いびきもかきません。そこについては絶大な信頼を置いていました。私にとって、寝息の好ましさは結婚相手に求めるものすごく大切な条件だったんです。毎日となりで眠ることになるのだから、いちいち気に障る寝息を立てる人では困るのだと、若いころからかなり真剣に思っていました。

結婚してからの三十数年、新婚旅行の夜も、ひとり娘の夜泣きが途切れた隙も、大きな地震があった日も。私はあの胸に耳を寄せ、この寝息に出会えた幸運に幾度となく感謝しました。

私にとって完璧な寝息の夫。彼のことを本当に、心から思うなら――。目を逸らしてはいけないと、思いました。

もう一度、襖を開けました。

さっきまでと変わらぬ姿で夫は、そこに転がっていました。

上半身に桜色のブラジャーをして、転がっていました。

レースに包まれた胸は、仰向けになっていてもわずかにふくらみと谷間が出現していて、じっと見ていると上下しています。あいかわらず完璧な寝息を、立てています。表情は穏やかで、ものすごく気持ちよさそうです。定年まで銀行員として勤め上げた厳格な夫の、その胸だけが今、別人のもののようでした。

いつものように胸に耳をあててみようかと考えましたが、足はそれ以上、前には進みませんでした。見知らぬブラジャーに、威嚇《いかく》されているようでした。

あれは確実に、私が使っているものではありませんでした。繊細な花模様のレースで覆われ、見るからに丈夫そうなU字型ワイヤーが入った桜色のブラジャーなど、私が買うはずがないのです。実用的ではないと、生活には向かないと、私はもう知りすぎるほど知っているのです。

近所の奥さんからブラ氏の噂を聞いたとき、もしかすると二年前の夏に盗ったのは桜色のブラジャーだったのかもしれないと思い出していたことは確かですが、まさかこんな形で私の前に現れるなんてこと、あるでしょうか。夫はこれを自分で買ったのだろうか？　夫がブラジャーを買う姿など想像できないけれど、誰かに買ってもらったのか？　もしや盗んだのか？　さまざまな想像が一気にめぐりました。

夫は、下半身には見慣れたトランクスと靴下を穿いていました。寝相が良く、かつ、おなかの弱い彼らしく、両の手は裸のおへそを隠すように上品に重ねられています。上半身にそのブラジャーだけを着けているという部分のみが、いつもの寝姿と違うことでした。

頭の中の砂嵐は収まらず、結局、襖を最初の半開きの状態へと戻しました。割れてしまった卵をパックのまま冷蔵庫に入れてから、音を立てないように、再び家を出ました。

といっても行くところなどありません。娘に電話をかけてみましたが、仕事中だったのでしょう、出てくれる気配はありません。仕方なくふらふらと歩いて、駅前まで来てしまい、この交番に貼られていたというブラ氏の貼り紙を、見に来ました。

そこにはいくつかの不審者情報が貼られていて、そのうちの一枚には、近所の奥さんが言っていたブラ氏のものがありました。「ブラジャーとパンティーの上からトレンチコートを羽織っている」「中肉中背」「推定五十～六十代の男」「白髪交じりの短髪で毛量多し」といった情報が書かれていました。

「小太り」という文言はなく、あの奥さんが話を少し盛っていたことが分かりましたが、おおかたは事実であるようでした。しかし私は正直、これだけで不審者というのはいかがなものかとも思いました。

誰だって、桜色のブラジャーを着けて街を歩きたい日くらいあるだろう。コートがたまたま強風で煽《あお》られ、中の下着が向かいから歩いてきた誰かに見られてしまったということもあるんじゃないのか？　と思ったのです。ごく自然に不審者の肩を持っていました。

そして、それが夫の無実を信じたいという気持ち、それのみから生まれた気持ちではないということにも、気付いてしまいました。私はたぶん、私自身のことも、かばおうとしていました。

五十～六十代の小太り（中肉中背）、白髪交じりの短髪で毛量多し。これは、私にも当てはまる特徴でした。そういう風貌の人間が、桜色のブラジャーを着けるなんて変だ、と言われている気がしてしまったのだと思います。

使命感に駆られ、そのまま駅前の量販店へ向かいました。その二階の婦人服売り場で、夫が着けていたのに似た、桜色の上下セットの下着を買いました。アンダーバストは余裕を見て、Ａ90を選びました。レジで同じ年ごろの女性が対応してくれている間、恥ずかしくて顔から火が出そうでした。ワイヤー入りのものなんて、娘を出産して以来でした。

「遅かったね」

帰宅すると、夫は何食わぬ顔で私を出迎えました。

彼は首元のゆるんだ白いＴシャツを着ていました。思わず目を凝らしましたが、その白にブラジャーは透けていません。パンダの目元の模様に似た、横幅広くたるんだ乳のシルエットが浮かんでいるだけでした。

「ねえ、きょうの昼寝の時、ブラジャー着けてた？」

そんなことは聞けませんでした。

結婚をして三十年以上経って、もう彼に聞けないことなどないと思い込んでいましたが、ありました。

その夜は、割れてしまった卵で親子丼を作り、わかめと豆腐のお味噌汁とほうれん草のお浸しを添え、食後は林檎を剝きました。夜七時に始まる報道番組を夫は見ていました。不審者もこのように堂々とニュースを見るものだろうかと、その後頭部を眺めながら私は思いました。

いつものように、それぞれ寝床へ就きました。私は、先に眠った夫の胸へ耳を寄せました。ブラをしておらず、寝息もいつも通り完璧でした。

それを聞きながら、決めたのです。私は今夜、買ったばかりのブラジャーとパンツを着け、この秋はじめてのトレンチコートをおろして、羽織り、街へ出ようと。私が不審者に、なるのです。夫をかばい、また、自分をもかばうために。

月の見えない夜でした。私を「小太りの男」に見せてくれるちょうどよい暗さでした。風が金《きん》木犀《もくせい》の香りを運んできます。外灯の少ない住宅地の狭い道を、駅へ向かって前のめりに進みました。コートのボタンはすべて開けていましたが、スピードを出す一台の外車とすれ違ったとき、風で裾がばさりと広がりそうになったので、あわてて両手で前をかき合わせました。それからじわじわと足元から寒さを感じました。一歩踏み出すたび揺れる裾から覗く自分のすねが、今までで一番白く見えました。毛を剃っておくのだったと後悔しましたが、いや、毛があったほうが頭髪が多いとされるブラ氏らしいかとすぐに思い直しました。

久しぶりのワイヤーが胸の脂肪に突き刺さります。余裕を持って選んだのに胸全体が締め付けられ、はみ出た肉がボンレスハムのようになっているのが触れなくとも分かります。背中にホックがめり込みます。綿一〇〇%ではない生地は、こんなにも冷たいものだったろうか。おなかを壊しそうです。私は徐々に途方にくれていきます。何のときめきも官能もありませんでした。誰かに中身を見せたいという欲求も起きません。二年前の夏の部屋で目にしたような下着と、私が買った近所の量販店の安物では、やはり何もかも違うのだろうと思いました。

すでに零時を超えていました。そのままの姿で駅前を通り抜け、二十分ほど歩き回り、帰宅しました。この交番の前も通りました。逮捕されるかしらと思いましたが、あなたは私のほうをちらりと見ただけでしたよ。

ほうら、どうせ気づかないんだろう、これくらいで不審者扱いされてたまるか。

あなたの節穴の目は、そんな私の反抗的な心をおおいに刺激してくれるものでした。

家へ戻ると、夫はしっかりと寝入っているようでした。私はブラジャーから胸をだらしなく解放し、いつもの綿のパンツに穿き替えて、安心して眠りました。

それをこの一週間、毎夜、繰り返したのです。あなたも、他の誰も、私が不審者とは気付きませんでした。

そしてきょう、私の六十四歳の誕生日です。

昨夜も私は、不審者として歩き回ったあとで布団にもぐりました。

鮮明な夢を見ました。私は桜色のブラジャーを着けていました。鏡を見ると、おなかは若いころのように平らです。まるで脱皮したように、厚い脂肪を全身からするりと脱ぐことができていたのです。腰回りの硬い肉も跡かたなく落ち、胸とお尻の位置がきゅっと持ちあがっています。体が軽くてどこまでも走れそうだったので、Tシャツを着て、細いジーンズを穿いて、街に出ました。うれしくて、あの夏に一部だけ見えた六本木ヒルズのふもとまで走りました。流れる汗もさらさらしていて、ただ清々《すがすが》しいばかりでしたが道中、誰にも会いませんでした。交番の中にも誰もいない。ひととおり走り回って帰りました。今見てきた景色を話して聞かせようとしたのですが、家にも誰もいませんでした。夫もいないし、娘もいない。名前を呼んで、探し回っても、どこにもいなかった。鏡を見ると、私も映っていませんでした。

　夢だと気付いて目を開けると明け方で、部屋の中は薄青く、夫は隣にいました。いつもの完璧な寝息です。娘は、いない。就職し結婚もして、もうこの家にはいない。徐々に意識が現実に戻ってきました。

　私は、パジャマのズボンに手を入れてみました。零時を超えて六十四歳になりたての、自分のおなかに直に触れてみました。脂肪と、出産後も消えなかった妊娠線のでこぼこが、そこには変わらずありました。妊娠線の下には、臀部を丸ごと包み込んでくれる肌色のパンツの、伸縮性に優れたウエストゴムがありました。

　まぎれもなく、産んだほうの私でした。小太りの男として一週間歩き回っても、産んだほうの自分でした。ほっとしたのか残念に思っているのか、違いがわからないくらいの眠気が襲いました。

「おまえ、ズボンの中に両手入れて寝てたよ」

　今朝、目玉焼きを作っていると、歯みがきの最中の夫にそう声をかけられました。

　新婚当初は頬を赤らめたでしょうが、今はその程度のことが恥ずかしいとはまったく思いません。それどころか、ズボンに手を入れていた程度の些細な行為をわざわざ忠告してくるなんて、と思いました。そんな中学生のような正義感を持つこの人は、やはり例のブラ氏ではないんじゃないか？　と思いました。

　夫がうがいをしに、洗面所へと入っていきました。戻ってきたら正々堂々聞こうと思っていました。あなた、ブラして寝てたけど、あのブラ氏じゃないのよね？　ブラジャーをしてみたかっただけで、それ以外に、他人に危害を加えるような変なことは、別にしてないのよね？　ブラジャーを盗んだりもしてないわよね？

聞こうと思えたのは、信じていたからです。

「きょう誕生日だろ」

しかし、戻ってきた夫が先にそう言い、出ばなをくじかれました。後ろ手に何かを持っています。

「そうだけど」

私の誕生日プレゼントは、ここ数年、現金支給でした。自分で食べたいケーキを買うと、その分の金額を夫がくれていました。ともに甘党ですから、二人だけでも二日とかからずホールケーキを食べつくしたものです。

「これプレゼント」

照れくさそうにしながら、夫がその包みを手渡してきました。

「開けてみてよ」

少しわくわくしたような顔までして促してきたので、その場で包装紙を破いていきました。

「おいおい、もうちょっと丁寧に開けてくれよ」

と夫が苦笑いします。私には中身が見え始めていました。布。紐。花模様。桜色。

「なにこれ」

私の口から出た声がかすれて、両腕には鳥肌が立っていました。

「なにこれって」

夫はためらいながらも、答えました。

「ブラジャーだよ」

それは、あの日彼が着けて寝ていたブラジャーでした。

夫はかすかに頬を赤らめ、目線を落としていました。思春期の少年のようなその微笑みかたを見たとき私は思いました。だめだ、自分が彼を守らなければ、と。

夫は、警察に追われるブラ氏だ。

下着を着けてうろつく以上の性癖を、おそらく隠し持っている。そして、それを今、私についに明かそうとしている。

混乱していました。まず浮かんだのはどこかにいるはずの被害者のことでした。被害を受けた方々に、どうつぐなえばよいのだろうか。申し訳ございません、私の夫が、申し訳ございません。どれだけ頭を下げても許してもらえるわけはない……。

だがしかし。目の前の小太りの男は、完璧な寝息のただひとりの夫でもあるのだ。産まない自分を選ばなかった自分が、選んだ夫。

私が守らなければと思いました。ブラジャーが、私と夫の間に落ちました。

私だって同じ格好で徘徊していたのだから、私が自首すればいい。そうだ、それでいいと思いました。

タオルのストックのカゴの奥に隠した例の量販店のブラジャーとパンツを慌てて漁った。それは、そこにちゃんとありました。

私は飛び出しました。髪もとかさず、化粧もせず、でも夜な夜な着けて歩いたきつくて痛いそのブラジャーとパンツを身に着け、上からトレンチコートを羽織っただけで、ここへまっすぐ走って来ました。はい、この下はそうです。寒いです。夜じゃないだけで、この格好の緊張感は増しますね。

私を捕まえてほしかったのですけど、そうですか、間に合わなかったんですね。

そういえば、目玉焼きが焦げているかもしれません。火を止めたかどうか覚えていません。

*

女性警察官が、半信半疑の表情で電話をかけている。相手は、ブラ氏現行犯逮捕の連絡を受けて出て行った男性警察官のようだ。

「はい、だからさっきの年配の女性が今、話してくれて。はい、はい。夫をかばいたかった、みたいなことで。……そうです、え、なんですか?」

現行犯逮捕された容疑者が由美の夫であるらしい、と伝えてくれているようだったが、やけに時間がかかっている。由美は、ひとりで抱えていた秘密を打ち明けてしまって、脱力していた。最初の話を聞きながら女性警察官がとっていたメモの丸い文字を、ぼうっと見ていた。口を付けていないお茶からは湯気が消えていた。

やがて女性警察官が、訳が分からないといったふうに首を傾げてから、由美へと受話器を手渡した。

「ああさっきの奥さん？　ごめんなさいね」

電話の向こうから、またしても子どもに話しかけるような口調で話しかけられる。

「あのね、旦那さんのお名前とお歳、教えてくれるかな」

由美は、ぼけた演技をしすぎたようだと感じた。その印象を覆そうと、できるだけはきはきと、夫の名前と年齢を答えた。電話の向こうで笑い声が上がった。

「ああ、やっぱり、違いますよ。捕まったのは、旦那さんじゃないです」

相手も負けじとはきはき言う。

「はい？」

「犯人は、旦那さんじゃ、ないですよ」

「じゃあ……」

「もちろん、あなたでもないです。本当は詳しいことは教えられないんですけどね、三〇代の男で、あの、聞こえてますか」

由美の耳が遠いとでも思っているのか、相手の声のボリュームは上がり続ける。

「とにかく、あなたもあなたの旦那さんも、関係ありませんから」

最後、由美は「はあ」としか答えられなかった。

トレンチコートのポケットの中の、携帯電話が一度震えた。交番を出てから取り出すと、娘の名前とメッセージが表示されていた。

「おかあさん誕生日おめでとう。これからも、おとうさんと仲良くね」

ここへ来る前、おとうさんとおかあさんの間に何かあったらよろしく頼むと、連絡していたことを由美は思い出した。

まだ朝だというのに由美は、疲れきって家路についた。一生分の芝居を打ったような気持ちだった。学校へと向かう小学生たちとすれ違う。彼らは、由美のコートの中がブラジャーとパンツだとは知らず、さわやかにおはようございますと言った。一気に自分が老婆になった気がした。

見慣れた玄関を開けると、焦げくさい匂いがした。夫は食卓についている。やわらかい逆光に浮かぶ夫の形は、やはり自分とそっくりだった。

近づくと夫は由美の顔を、はっと見上げた。

「大丈夫か」

由美のことを、心配して待っていたようだった。さっき警察官に説明されたように、本当に、変質者としてのブラ氏は、夫とは別人なのだろうか。ここにいるのはただの健全な、ブラジャーをして昼寝していただけの男なのだろうか。

「大丈夫です」

由美が向かい側に座ると、夫はさっきの続きだと言うように、食卓の上へもう一度、ブラジャーを差し出してきた。

——なんのつもりだろうか。どうしてこの人は、寝息が完璧なのに、こんなに言葉が足りないのだろう。歯がゆくなって由美は自分から聞いた。

「どうしてブラジャーなの。あなたがブラジャーして昼寝してたところ、見たの。どういうつもり。私、今、警察に行ってきました。見たこと、したこと、話してきました。だけど違った。捕まったのはあなたじゃなかった。私はただのおかしな初老の女でした。もう疲れました」

動かない夫の丸い肩と毛量が、自分に似ていて疎ましかった。

「二年前の夏、由美が」

夫がやっと声を出した。

「由美が、出産しなかったほうの自分のことを今でも考えてしまうと言ったこと、覚えてるか」

由美は頷いた。

「あの時、大量の下着整理の仕事をしてきたと、そう言っていた。そのあとで、出産しなかったほうの可能性について今も考えることを聞いて、心底驚いたんだ。きみは、そうめんを茹でながら淡々と話してた。でも、まさか産んでから三十年以上経ってもまだ、そんなことを考えているなんて、こっちは思ってもみなかったから。思えば、ブラジャーへの関心が再燃してきたのは、それがきっかけなんだ」

夫が思いもよらぬ角度から告白をはじめた。

「俺、昔、下着部屋に住んでいる友人がいたんだ」

＊

大学時代のその友人が住んでいたひとり暮らしの狭い部屋には、主に飲み会のあと、よく泊まらせてもらった。もちろん、男だよ。直也《なおや》っていう名前で、背が高くて、性格も見た目もいいやつだった。彼は地方の銀行に就職したはずで、卒業以来会っていないが、でも思い出深いやつなんだ。なんせ女性のブラジャーにまみれた部屋に住んでいたんだから。

俺は結局会っていないけど、その部屋の持ち主は、お金を持っているかなり年上の女性だったそうだ。直也は、その人が趣味で際限なく集めてしまう下着を保管するためだけに借りていた都心のアパートに、格安の家賃で住まわせてもらってた。水商売のアルバイトで知り合ったと言っていた。

窓辺にも、カーテンのごとくブラジャーが、洗濯ばさみでつるされていた。床も整頓されていなくて、直也は、押し入れから雪崩のように崩れてきているブラジャーとパンツに埋もれて眠るような生活をしてた。どれも派手な色とデザインだった。布面積が小さかった。感覚が狂ってきて、女性の下着姿を見ても鼓動が高まらないのが悩みだと言っていた。泊まらせてもらうときも、やつは下着を隅に寄せて隙間を広げるだけで、別に隠したりはしなかった。

「ひとつくらい持ってってもばれないよ」

と、直也はよく冗談で言っていたが、

「俺は、たまに着けてみるんだ」
と彼が言ったのは一度だけだった。それは冗談ではないのだと俺には直感で分かった。

その言葉を聞いたとき俺は、これまでにないほど酔った直也を介抱するはめになり、タクシーで彼の部屋に向かっていた。後部座席で俺に寄りかかりながら、やつは言ったんだ。

「お前だけに言うよ。俺は、たまに着けてみるんだ、あの下着」

部屋に着いて、俺は下着の山に直也をおろしながら、どれを着けたんだろうと考えた。色とりどりのレースに沈み込んだ直也は、すでにいびきをかいて寝ていた。下着は、直也を覆うオーダーメイドの額縁のように見えた。きれいだと思った。

「ひとつくらい持ってってもばれないよ」

その声がよみがえって、俺は一枚のブラジャーを自分の着ていたジャケットの内ポケットに押し込めた。なんとなく逃げなきゃいけないと思って、急いでその場を離れた。始発までは、まだまだ時間があったから、歩いた。そうしているうちに酔いがさめてきてしまって、返しに行こうと思った。こんなものを持って職質でもされたら面倒なことになる。

直也の部屋に引き返すと、やつはまだ同じ場所で眠っていた。内ポケットのブラジャーを、奥のほうへ放り投げて、直也の隣に寝転んだ。直也も俺も酒臭かったが、下着の山からは、何の匂いもしなかった。やがて俺も眠っていた。

もう四十年以上も昔のことだから、当時から古かったあのアパート自体、今は残っていないと思う。

だけど二年前の夏、由美が、下着整理の仕事のことを話したとき。そして出産しなかった自分のことをまだ考えてしまうと言ったとき。俺は、直也の部屋のことを思い出したんだ。夫婦で外見がどんどん似てきたのに、お互いの考えていることは一向に掴めない。そのことを実感したからだと思う。由美のことは全部知っていると思っていたけれど、実は知らないことばかりなんじゃないかと思い始めたんだ。

直也が住んでいた下着部屋のような部屋を、由美が持っている可能性だってあるし、由美だってああいう派手な下着を持っている可能性もあるんだと、結婚三十年近く経ってやっと思い知ったんだ。気付いたら、由美のたんすを漁っていました。勝手に触ったこと、これにかんしては申し訳なく思っています。ごめんなさい。由美に下着集めの趣味なんてないじゃないかと、自分を納得させるためだったんだといま冷静になれば、思う。

だけど現実は予想を上回った。いや下回ったと言うんだろうか。とにかく、どこを探しても、由美のブラジャーはなかった。

カップ付きのタンクトップが数枚あるだけで、そしてそのどれもが綿一〇〇%のくすんだ肌色のものだった。生地は伸びきってへたっていた。タグには何カップかの表示もなく、ただ「XL」とだけあった。これをブラジャーと呼んでいいのか迷った。

最初は、ほっとした。由美には直也の部屋にあったような派手なブラジャーの収集癖があるわけではなさそうだと思った。ああいう部屋を持つ経済的余裕も申し訳ないがないはずだ。

俺は何気なくそのタンクトップを自分の体にあてて、鏡の前に立ってみた。

夫婦は似てくるとは本当によく言ったものだなあと感心した。遠くから見れば、見分けがつかないかもしれない。

出会ったころ、由美も自分も、ずっとスリムだった。それが一緒に暮らす年数を積み重ねるごとに、いつのまにか、足して二で割ったというより、足して二を掛けたような体型になっていた。胸にいたっては、もともと控えめなサイズだった由美よりも、自分のほうが大きくなっているのではないかとも、そのとき思った。

ブラジャーを着けてみたいという、直也の部屋で感じた欲求がふつふつとよみがえるのを感じた。

妻に似てきた今なら自分の胸にもブラジャーが、ぴったりフィットするのではないか。妻より大きいとなれば、俺はＢカップくらいだろうか。いやＣカップも狙えるか？

その想像は愉快だった。退職して暇を持て余していた心が、久しぶりに弾んだのを感じた。おかしな性癖が目覚めたというよりは、由美への清らかな愛情から派生した好奇心と言っていいと思う。

しかしふと我に返ると、自分の不甲斐なさを強烈に感じた。たんすを漁るまで俺は、由美のブラジャー事情をまったく把握していなかった。一緒に暮らしているのに。それほど、由美の胸への興味が薄れていたのだ――。ブラジャーを着けたい欲求が、一瞬でしぼんだ。

どうしたらいいのだ。どうやったら今の関係をよりよくできるんだろうか。悩んで、ひらめいたのが、ブラジャーをプレゼントしてみることだった。いいきっかけになると思ったんだ。俺にしては意外性があるし、柔軟なアイデアだった。働いているときはきっと思いつかなかっただろう。

どこで買うかが大きな問題だったが、娘がよく利用していたネット通販という手段を思い付いてからは、つつがなく進みました。

何事にもするどい由美も、受け取る場所を家から離れたコンビニエンスストアにすることで、気付かなかったようだった。

ブラジャーが届いたのは六月だったから、四か月くらい前のことになる。だけど、さすがに何でもない日にいきなりブラジャーを渡すのはどうだろうと思って、誕生日まで待つことにした。

今思えばそれがいけなかった。ネットで見て由美に似合うと思った桜色が、実際に目で見るとどんな色か、確かめたくなってきた。包みを丁寧に開封してみると、予想以上のものがあった。娘が小さいころ、遊んでいた人形のドレスの精巧さに驚いたものだが、それ以上だった。

どこかで予想していたとおり、また、例の欲求がよみがえってきた。自分でも着けてみたいと思ってしまった。由美に似合う。だからきっと俺の胸にも似合うと思った。

そう、ただ着けてみたかっただけだったんだ。誰にだってそういう日、あるだろう。桜色のブラジャーを着けてみたくなるような日が。今の俺には直也の気持ちが、ものすごく分かる。

それでやってみたんだ。ぴったりだったよ。おもしろいほどぴったりだった。それに肉が寄せ集められて谷間もできたんだ。似合っていた。自分で言うのも何だがきれいだった。ああ、これはきっと由美の胸も美しく彩るだろうと、涙が出そうになった。

俺は鏡に自分の全身を映して、くるくる回ってしまった、何分も。無心で遊んだ子どものころに戻った気分だった。そのまま、いつのまにか寝ていた。覚えていないけれどとてもすばらしい夢を見た気がする。由美が見て驚いたのは、その時の俺のはずだ。

けれど、目が覚めたとき、最初に感じたのは痛みだった。肌にブラジャーが食い込んだ跡が付いていた。これをプレゼントするのは、やめようと思った。体型が似ている由美も同じように痛くなるのだろう……。その時、ふいに分かった。由美が言っていた「出産しなかったほうの自分」というのは、俺に似なくて済んだ由美のことなのか、と。そうなのだとすれば、申し訳ないけれど、もうそこにはどうやっても戻れない。だけど華やかではなくても、気持ちが高揚するものでなくても、自分たちの平らな毎日にもっと合うものがあるんじゃないかって、思ったんだ。

*

夫は語り終えると、大きなため息をついた。一体これは、何の告白なのだろう？　と由美は思ったが、由美にとって、こんなときでも夫の吐く息は、やはり不快ではない音に聞こえた。

「じゃあ、つまり、これはなんなの」

食卓の上で違和感を放つ桜色のブラジャーに、由美は目をやった。

「だからこれは第一弾で。これを見せながら今の話をして、ちゃんと説明するはずだった、由美が逃げなければ」

「……そう」

「第二弾が、まもなく届くはずなんだが」

何を言っているのだろうか。私は警察官の前で恥をさらしてきたというのに。疲れきっていた由美は考えるのを中断した。とてもおなかが空いていることに気付いて、キッチンへ行った。

「そのコート、脱がないのか」

聞かれたが、脱いだらばれてしまう。そのまま由美は答えずに、新しいフライパンに油を引いた。卵を割り入れ、ベーコンも入れた。同時にトースターへ食パンを放り込む。焼き上がると、夫の前へ出した。

「先に食べてて」

言ったけれど夫は待っていた。由美はもう一度すばやく同じ行為を繰り返し、自分の分を作った。

「いただきます」

夫はもう語らなかった。うつむきがちに、黙って食べた。

もそもそとした咀嚼《そしゃく》音だけ聞こえる食卓に、インターホンが鳴った。夫が飛びあがるように立ち、大股歩きで玄関に向かうと、箱を抱えて戻ってきた。

「これだこれだよ、第二弾」

口の端にパンくずが付いたままの夫が、待ちきれないというふうに自ら段ボールを開け、リボンをほどき、勢いよく包み紙を破いていくのを、由美はあっけにとられて見ていた。

やがて熱帯魚でも掬い上げるように、そっと中身を取り出し、由美の手のひらにのせた。ブラジャーだった。桜色だった。

だけれど今度はワイヤーもない。つるつるもしていない。レースもホックもない。

続けて夫は、段ボールからもうひとつ、包みを取り出して広げて、自らの手に取る。

「ほら」

そう言って見せられたのは、いま由美の手の中にあるのとまったく同じブラジャーだった。

「ふたつ買ったの」

「うん。ノンワイヤーだよ。これだよ。僕らにぴったりなのはたぶん、これだな」

由美の腕には、またしても鳥肌が立ち始めていた。

「ねえ、ふたつ買ったの、なんで」

「せっかくだから、おそろいにしたいと思って」

小太りで白髪で毛量の多い初老の男が、それを手にして、ここ数年で最も生き生きとした表情を見せている。奇妙だった。

しかし同時に、心に溜まり続けていたものに針が刺されたように、温かいものが漏れ出して、鳥肌の範囲を広げた。由美は、自分の目の前のものすべてを、自分はとっくの昔から受け入れていたのだと、思った。選ばなかったほうまで含めて全部、私はこの人と抱えていくのかもしれない。そう思えた。

「サイズも同じにしたんだ。ＸＬ」

ご丁寧にタグを見せつけてくる。綿一〇〇％という表示もあった。これをおそろいでつけた二人はきっと姉妹か、もしくは兄弟のように見えるだろうと由美は思った。

「ゴージャスな下着のなんとか姉妹、知ってる？　あの姉妹、本当の姉妹じゃないんだって」

それで、近所の奥さんの受け売りで言ってみた。

「知ってるよ」

と夫は言う。

そうだった、こんなに似ていても、私と夫だって本当は、なんとか姉妹みたいにただ別の人間同士なのだった。でも、私たちは同じ下着を着ける。同じものを食べて、同じ部屋で寝て、きっと同じ墓に入る。

陽は完全に上っていた。脂肪もしみも妊娠線のあとも、隠さず照らすだろう。だけれど今なら見せられる。トレンチコートの上からひとつめのボタンに手をかけ、由美はそう思った。

授乳室荒らしの夢

「あなたがよくご存じのとおり、わたしは長いこと授乳室荒らしをしている。
今なら自信を持って言える。
そうです、わたしこそがほんとうの授乳室荒らしです」

わたしはこれまでの生涯すべてをかけて今、あなたにそう宣言する。

あなたが通う大学の十七号棟のあの授乳室で、わたしたちは、ついさっき出会ったばかりだ。だけれどわたしは、あなたにこそ宣言したいのだ。

やせっぽちで存在感が薄いあなた。どこにもなじめず、自意識は過剰なあなた。ありきたりな恋に破れてぼろぼろになるあなた。つまり、若いころのわたしにそっくりな、あなたに。

わたしは数々の授乳室を巡ってきたけれど、わたしたちが今居るこの球場の授乳室のソファーは五本の指に入る座り心地だ。十七号棟の授乳室に負けず劣らず、すばらしい。だから少し長くはなるけれど、涙をふいて、安心してそこに身をゆだねたまま聞いてほしい。

このわたしが、どうやって「授乳室荒らし」になったのか――。

わたしだって、生まれたときから「授乳室荒らし」なんて妖怪みたいな呼ばれ方をしていたわけではない。ちゃんとした名前があり、それはモナミという。

生まれたのは、もうずっと昔のことで、ふるさとはこの授乳室から遠く遠く離れた海辺の町だ。韓国ドラマのロケで使われた灯台が建っていて、そこにたまに見物客がやってくる以外は、平和で静かな町だった。

わたしもまた平和で静かな少女として育ったけれど、自分がいつも場違いなところにいるような気持ちが、気づいたときからあった。おなかにいるときからあったんじゃないかと思うくらい、染み付いていた。これといった理由はないのに、その場にいるのが申し訳なくて、なにもしていないのにとにかく謝りたくなるような気持ち。「お前はにせものだ」といきなり指摘されるんじゃないかと怯える気持ち。それが、どこにいるときもずっと消えなかった。

だから、できるだけ存在感を無くすことを望んだ。身体測定のたび、身長も体重もこれ以上大きくならないようにと願った。おかげさまで、着火に失敗した短いマッチ棒のような体形になり、思春期になっても胸はほとんどふくらまずに済んだ。それだけではもの足りず、歩くときには抜き足差し足を意識して、なるたけ静かに歩くよう心掛けた。

いったい何に謝りたいのか？　何のにせものなのか？　はっきりとした答えは出せなかったが、ときおり、モナミという名前が少なからず関係しているのかもしれないと、思うこともあった。

モナミは、漢字で書くと「茂波」だ。母から幾度となく聞かされた話によれば、わたしの祖父は、初孫には男の子をと望んでいたそうだ。命名を託された祖父は、「しげなみ」と読ませるその名前しか用意しなかった。しかし、事前の検査で産婦人科医から知らされていたように、生まれてきたのは女の子であるわたしだった。頑固者の祖父は「茂波」を譲らず、結局はモナミと読ませることで落ち着いたという。

母は、「茂波」という漢字を受け入れていなかった。幼稚園の持ち物の記名は、ずっとカタカナでモナミだった。文字を書けるようになってからは、わたしも自分の名前をずっとカタカナで書いてきた。

中学校のとき、同じ学年には偶然、カタカナで「モナ」と書く名前の女の子がいた。ある女優さんに顔が似ているモナちゃんは、バスケットボールと数学が得意な人気者だった。発育もよかったモナちゃんは中学生にしては背が高く、胸も大きく、足音は堂々としていた。つまり、わたしとはすべて正反対だった。

わたしはその子が「ほんとうのモナちゃん」と呼ばれ、自分は「偽モナ」と呼ばれていることを知っていた。席替えのあとの休み時間、わたしの隣になった生徒が「ほんとうのモナちゃんの隣がよかった」と言っているのも聞いた。傷ついたというより、申し訳ないと感じた。偽モナとしてできることは、少しでも存在感をゼロに近づけることだと思った。しかし身長や胸を今以上に縮ませることはできない。せめて足音で努力しようと思い、ますます静かに歩くように努めた。

わたしは漢字の「茂波」に慣れることがなかったのと同じように、将来の夢を書くことにもなじめなかった。そういう機会があると、まずは「人を幸せにすること」と書いた。本心からの夢だった。中学の卒業文集でも、その機会があった。

担当の教師から、

「それはみんな同じ。みんなの大前提だ。具体的な職業名を書いてください」

と修正するよう言われたので、うんと悩んでから「もっと足音が小さい人になりたい」と書いた。唯一、手が届きそうな具体的目標だった。

教師は呆れた顔になり、

「だから、ちゃんとした職業の名前を書いてください」

と言ったが、わたしはそれ以上うまく思いつけなかった。足音を小さくする以外で、わたしにどうやったら人を幸せにできるのかわからなかったし、教師もその答えを持っているようには見えなかったから、わたしはそれで押し通した。

「偽モナは変人ぶっている」

文集に載ったわたしの夢を見た同級生に、そう囁かれているのを耳にしたときには、恥ずかしさと一緒に諦めに似た気持ちが芽生えた。わたしは何をしてもにせものなのだ、と。


それから灯台のそばの高校を卒業すると、わたしは都会へ出た。場違いでにせものな感じ、そこにいるのが申し訳ない気持ちは、場所を変えたら薄れるかもしれないという期待があったが、空振りに終わった。田舎からたくさんのビルやネオンに囲まれた都会に場所が変わっても、心の中の景色に変化はなかった。

そんなわたしでも、幸運なことに郵便局で職を見つけることができた。あなたが通う大学の近くだから、あなたも通りかかったことがあるはずだ。二十四時間開いている、このあたりで一番大きなあの郵便局。いまは蔦《つた》で覆われているけれど、わたしが勤め始めたころは、まだ白い外壁が輝いて、立派な門はどこかの大使館のようだった。わざわざ遠くから写真を撮りにくる人もいたほどだった。

　わたしはその窓口で、お客さんが持って来た荷物の重さを量ったり、切手を売ったりする役割を仰せつかった。例の気持ちは消えなかったが、きっと人を幸せにすることにつながっていると信じ、働いた。

　郵便局の目の前の大通りには、当時から四本の車道が並んでいた。バスがひっきりなしに行き来して、ガソリンのにおいがしていた。少し騒がしいなと思ったが、生まれた町に十八年間なじむことがなかったわたしは、静かすぎたふるさとを恋しく思い出すようなことはなかった。


　一介の郵便局員だったわたしを授乳室に近づけたのは、あるひとりの男だった。

　彼のことは、勤め始めたときからよく見かけていた。彼は平均して月に二度ほど、郵便物を持ってきていた。

　郵便局の隣のビルに入っている革製品の店で、週に数日アルバイトしている大学生だった。革の上着を毎日羽織っていたが、それ以外はなんの主張もない古びたシャツを着てチノパンツをはいていた。

　なぜわたしが彼を特別に認識するようになったかというと、彼が持ち込む郵便物がものめずらしかったからだ。

Ａ４サイズが入る茶封筒で、厚みは一〜二センチ。差出人は彼個人、宛名はどれも出版社だった。聞いたことがある出版社のときもあれば、知らない出版社のときもあった。その封筒には宛名のそばにいつも、赤いペンで「応募原稿在中」と書かれていた。どうやら中身は自作の小説で、公募の文学賞への応募を繰り返しているようだった。

「速達でお願いします」

彼は毎回、目を合わせずに言った。話すときにめがねの黒く細い縁を触るのが癖だった。めがねの度が強いようで、細い目はさらに涼しげに見えていた。

それを持ってくるときの彼は、青白い顔をしていた。できうる限りのていねいさをもって接しなければ、そこで倒れてしまうのではないかと心配になる顔色だった。だからわたしは、彼の姿が郵便物受付の列に見えたとき、「どうかわたしの窓口に来ますように」と願った。

「わたしが担当すれば、ていねいに扱います。あなたのことも、その応募原稿のことも」

そう胸の中で唱えた。

そのころ、郵便局で働き始めて三年が経っていたが、わたしは仕事に慣れる気配がなかった。努力が足りないと言われたらそれまでだが、確実に適性も足りていなかった。失敗をするたび反省するものの、他の職員と比べ、あまりに慣れるのが遅すぎた。

切手を破ってしまうこと、小銭を落とすことは日常茶飯事で、それ以上に苦手なのが駅までの道案内だった。窓口にいると突然、最寄り駅までの道を尋ねられることがある。本来の業務ではないのに加え、どうしてもうまく説明ができないので、そのたび慌てた。

なぜならわたしは、最短ルートを通れば四分の駅から郵便局までの道を、いつも二十分以上かけて通勤していたから、他人に説明するべき正しい道のりをきちんと覚えられないのだった。

朝、わたしは改札口を出ると、まずは駅ビルの中をめぐった。テナントの多くは開店前だが、いくつかの改札口からこの街の大通りへとつながる通路になっているので、通り抜けができた。ショーウィンドウを磨く従業員を見て、準備中のシュークリーム店の香りをかぎ、薄明かりの中で新しい季節の服をまとったマネキンにうっとりして、やっと外に出る。

長年の心がけにより足音をほとんど立てずに歩けるようになっていたので、曲り角では出会いがしらに驚かれることも多かったが、大きな事故を起こしたことは一度もないのは自慢と言えるだろう。

わたしはスクランブルの交差点を一周、つまり四つの横断歩道を渡る。映画館の新作の看板を見上げ、曲がらなくていい角を曲がって居酒屋の連なる横丁やホテル街をふらついて戻ってきたり、入る必要のない地下道を通ったり、上る必要のない坂道や歩道橋を上って下りたりもする。帰りは時間に余裕があるので、もっと複雑になる。毎日ルートを変えているので、道を説明しようとすると景色がまざって、よくわからなくなるのだった。

「人を幸せにすること」

それを目指しているつもりだったのに、道案内さえまともにできない自分にがっかりした。わたしは郵便局でも「郵便局員のふりをしているにせもの」のような振る舞いしかできないのだった。

「もうあなたはいいから、慣れている方を呼んできてちょうだい」

お客さんに言われたときはたいてい、わたしよりも局員歴が浅くて若い、すずねさんという後輩に代わった。名ばかりではあるが、わたしがすずねさんの「教育係」を任されていたので、たいてい近くの窓口にすずねさんはいてくれたのだ。

すずねさんは、その名のとおり美しい鈴の音のような声をしている。どんなざわめきの中でもよく通る、聞いているだけで幸せになれる声だ。その声ですらすらと道案内をするので、わたしはすっかり尊敬の念をいだいていた。ほかの業務もそつがなく、「教育係」であるはずのわたしをあっという間に追い越した彼女こそ、ほんとうの郵便局員であると感じた。

「モナミさん、そろそろ道を覚えたらどうですか」

と、すずねさんに言われたあと、最短ルートで通勤してみたが、そのあとは体調を崩した。ますます、すずねさんに迷惑をかけてしまった。わたしにとって回り道は、どうしても欠かせない習慣になっているのだと痛感した。

「もうモナミさんは、道は覚えなくていいです。聞かれたら、今までどおりわたしに代わってくださいね」

すずねさんは労わるような目をして、言ってくれた。

遠回りすることは、この街の空気に自分をなじませるための、大事な儀式だった。

その術を身に付けたのは、思い返せば偽モナと呼ばれ始めたのと同時期で、中学生のころだった。平均より小さいながらも、身長が伸びていくにつれ、いるべきではない場所に紛れ込んでいるような原因不明の罪悪感も大きくなっていき、わたしはあるとき母に打ち明けた。

母は悩んだあとで、

「その年ごろの子は、みんなだいたいそうよ」

と言った。

「みんなそういう気持ちを少しずつ受け入れて、大きくなるの。みんなと同じよ。わたしもそうだった。ちょっとずつ人生に慣れていくから、大丈夫」

母の言い方は優しかった。励まそうとしてくれているのだとわかった。けれど、自分が特別だと思わないように、と釘を刺されたようにも感じ、打ち明けたことを撤回したくなった。なぜわたしは、みんなが抱えている気持ちを、さも個人的で重大な出来事のように打ち明けてしまったんだろうと後悔した。

みんな同じ、みんな同じ。自分に言い聞かせたが、心を落ち着かせる効果はなく、むしろ悪化した。みんなと同じ気持ちでこんなに苦しいのは、自分が弱いからだ。鍛えなければいけない――。そう思ってひねり出したのが、朝早く家を出て、級友たちがやってくる時間まで学校中をひととおり歩き回るという訓練法だった。そうすれば、みんなが来るまでの間に少しでも学校という場に自分の姿をなじませられるかもしれないと考えたのだった。

生徒の誰かに知られたら、やはり「偽モナが変人ぶっている」と言われるだろう。見つからないよう祈り、深呼吸をしながら、足音を立てずに隅々まで歩いた。実践した初日、ほんのわずかではあるけれど、いつもより学校に自分の姿をなじませられているような気がしたので続けていたら、いつしかそれは欠かせない習慣になっていた。朝、目覚めるときに人は、ベッドから起き上がる。それと同じようにわたしは、歩き回らなければ目覚めることができないのだという気がしていた。

「応募原稿在中」の彼と初めて私的に言葉を交わしたのも遠回りがきっかけだったから、むだな習慣ではなかったと信じたい。

その朝、わたしは久しぶりに公園に寄った。バス通りの歩道橋を上がったところにある高台に作られた、空と雑居ビルの壁ばかり見える公園だ。雑居ビルの、色とりどりの看板が打ち付けられた壁と壁の隙間から、遠くの赤いタワーが少しだけ顔を出す。そこに向かって一日の無事を祈るのが好きだった。その日もそうしようとしていたとき、ベンチで寝ている彼を見つけた。

革の上着は脱いでいて、足元のコンクリートに落ちていた。毛布がわりにかけていたのが、ずれてしまったんだろうか。革をまとっていない彼は、いつにも増して青白く、よわよわしく見えた。

十月の寒い朝だった。わたしは思わず、上着を拾って眠っている彼の膝にかけ、さらに自分が巻いていたネイビーブルーのストールを肩あたりにかけてから去った。ストールがなくなった首すじを冷たい風が通ると、くすぐったくて、自然に笑みがこぼれた。

数日後、彼は「応募原稿在中」の封筒と一緒に、そのストールを巻いて窓口にやってきた。

「速達でお願いします」

もともと彼のものであるかのように、ストールはすっかりなじんでいた。わたしにはできない複雑な巻き方をしていて、おしゃれだった。首元が温められているおかげか、以前より顔色がよく見えた。

なんてネイビーブルーが似合う人だろう、と思ったわたしは動悸が激しくなって何も言えず、通常どおり重さを量り、速達の赤い判を押すので精一杯だったのだが、彼が立ち去ってすぐ、すずねさんが言った。

「さっきの人のストール、モナミさんのと同じじゃなかったですか？」

すずねさんのよく通る声を、このとき以上にありがたく思ったことはない。自動ドアが閉まる寸前で彼は振り返り、わたしと彼のめがねの奥の目が初めて合った。

その日の夕方、勤めを終えてから、彼が寝ていたベンチへと向かった。予感していたとおり、ストールを巻いた彼が、そこにいた。わたしが足音を立てていないのに、彼は数メートル先でちゃんと顔を上げて、わたしの姿を捉えた。

「これ、あなただったんですね。ありがとうございました。おかげさまで、風邪をひかずに済みました」

彼が首からストールを外しながら言ったので、

「そのままで。そのまま、あなたに差し上げます。とても似合っているので」

と、わたしは止めた。

「いえ、そんな訳にはいきません。この色はあなたにこそ似合う色ですよ。ほんとうの夜の空の色です。あなたのイメージにぴったりだ」

「……ほんとうの？」

「はい。人工的な光がじゃまをしなければ、ほんとうの夜はこんな色です。僕が生まれた町の夜は、このストールみたいな色でした」

彼は、日が落ちてもビルの灯りを浴びてなお明るい空を見上げながら言った。

「それなら増して、わたしよりもあなたにふさわしいです。どうぞ、もらってください」

わたしはどうしても彼にそれを持っていてほしくて粘った。最初は遠慮していた彼だったが、やがて受け入れてくれた。

「では、お言葉に甘えて……。そうだ、ぜひ今度お礼を」

その日からストールは正式に彼のものとなり、わたしと彼はときおり、その公園で落ち合うようになった。

「速達でお願いします」

に続いて、

「このあと、よければあのベンチで」

と、お誘いが加わるようになった。

「ストールのお礼、何がいいか決まりましたか？」

彼は毎回、聞いてくれた。

「お礼なんて結構です。こうして話せるだけで楽しいですから」

そのたび、わたしは答えた。

ほんとうだった。彼と話しているときは不思議と、埋もれていた思い出がどんどん見えてくるのを感じることができた。

わたしが彼にモナミは漢字で書くと「茂波」なのだと明かしたとき、彼はわたしの名前についてはコメントせず、

「海辺の生まれですか？」

と、代わりに聞いた。「めずらしいですね」とか「しげなみって読んじゃいそうですね」といった反応に慣れていたので、新鮮だった。彼は、わたしとは正反対の方角の海の街で生まれたそうで、彼が幼少期に見た海の表情について話してくれた。それを聞いていると、自分の名前や生まれた場所のことを、少し好きになれる気がした。

彼にだけ話したことが、たくさんある。遠回りする儀式についても、彼にだけ打ち明けた。

「学校の中の夜が残った空気は、そのストールの色というよりは澄んだ灰色で、すれ違うのは用務員の松本《まつもと》さんだけでした」

「松本さんは男性？」

「はい」

彼に話しているのは、嘘偽りない、わたしのほんとうの思い出だった。その思い出の中には、ほんとうのわたしがいた。

「そういえば松本さん、自衛隊のようなワッペン付きのつなぎを色違いで毎日着てました。高齢の松本さんには、わたしの声が聞こえないのか、もしくは姿が見えていないのか……。すれ違うとき、おはようございますとあいさつしても、返事はありませんでした」

「耳が遠かったんじゃないかな。それで、どれくらい歩くの」

「始業五分前の予鈴が鳴るまでです。さすがに校長室や、鍵が締まっている理科室や家庭科室には入り込まなかったけど、たまにのぞいたりはしてた。そういう場面を、もしかしたら誰かに見られていたのかもしれない。違う学年で育てていた、めずらしいクワガタムシの幼虫がいなくなる騒動がおきた少しあとから、同じクラスの子たちから避けられるようになって。松本さんだけでなく、クラスメイトにもわたしの声は聞こえなくなったみたいだった」

「……幼虫は見つかった？」

「はい、松本さんの用務員室で見つかって。孫に見せたかったと理由を語ったそうだけど、松本さんは突然、学校に来なくなった」

「おお」

「代わりの用務員さんが来るまでの間、誰ともすれ違わないで歩き回れて、それはよかったんですけど。松本さんが消えてから、わたしはますます、場違いなところにいる気持ちが強くなっていった。松本さんが突然いなくなったみたいに、わたしも追放されるべき存在なのに、なんでここにいるんだろうと思った。何をしたわけでもないんだけど、嘘をついてそこにいる罪悪感みたいなものが、どうしてかぐんぐん大きくなって、止まらなかった。まだ続いています。ずっと周りの人を下手な演技で騙しながら生きてる感じ」

「今も騙してる？」

「今だけは、ほんとうだと思う」

そうだった。彼と話していると、初めて言葉が通じる生きものに出会えたのだと感じられて、彼の隣にいるときだけは、誰かに謝りたい気持ちに襲われることがなかったのだ。

ほんとうを見つけたわたしは、ついに遠回りの儀式をやめることにした。彼の隣にいる時間を持ててさえいれば、わたしは大丈夫だ。小銭を落としたりする回数も減るはずだし、道案内も上手くなるはずだ……と思ったが、そこまで甘くはなかった。ミスはかえって増えた。彼のことを考えると、ぼんやりするからだ。

「このごろモナミさん、ますます上の空ですよ。大丈夫ですか？」

心配してくれたすずねさんに、人を初めて好きになったのだと打ち明けた。

「えっ、郵便局の誰かですか？」

「まさか、違います違います。……でも、とても不思議な人なんです。その人にだけは、わたしの言葉が通じるんです。その人といるときだけ、ほんとうの自分になれる気がするんです」

すずねさんは、休憩室中に響く音で紙パックのりんごジュースの残りを吸い切ったあとで、

「モナミさん、それって初めて恋をした人がだいたいみんな感じるやつですよ」

と教えてくれた。

「みんな？」

「そうです、そうです」

　すずねさんは恋愛経験も豊富であるようだった。

「わたしもそう思ったこと、ありました。中学生のころですね」

　と紙パックを平べったくつぶしながらうなずいた。

「中学生」

「はい。その初めての彼と別れて、次に出会った彼とのときも、また同じことを思いました。それで、ああ、これって恋愛のあるあるなんだなって気がつきました。みんな同じなんだなって。これを何回も繰り返して大人になっていくんだなって」

　偽モナのころ、母に言われたことと似ていた。

「でも、モナミさんがぼんやりしている理由が、病気とか悪いことじゃなくてよかった。上手くいくといいですね」

　すずねさんは優しくほほ笑んでくれた。

「うん、ありがとう」

　この気持ちもみんなと同じなのか、とわたしは驚いた。こんな気持ちを抱えながら、いったいどうやってみんな、なんてことない顔を保って日々学校に通ったり、働いたりしているのだろうと思った。わたしは、この世界で生きている人間、ひとりひとりをひとしく尊敬しようと決めた。

　今も、その気持ちは変わらない。

わたしが心の内を話した相手は多くないが、思えばその中でも彼だけは、「みんな同じだよ」とは言わなかった。

何度も会ううちに、彼と自分は同じ言葉が通じる生きものだという確信が高まる一方で、似ているところばかりではないことも知っていった。彼には遅刻癖があり、待ち合わせ場所に時間通りやってくることが、まずなかった。最初の数回こそ遅れなかったけれど、そのあとはだいたい遅刻した。

「ストールのお礼、決まりましたか?」

と何度目かに聞かれたときのことだ。わたしは図々しいと思いながらも、

「『応募原稿在中』の中身が読んでみたいです」

と言ってみた。ずっと、気になっていたのだ。断られるかもしれないと思っていたが彼は、

「そんなのお安い御用ですよ」

と即答した。

「次の待ち合わせのときは、持ってきますね」

遅刻が常習化したのは、そのあとからだ。待たされる時間も徐々に長くなっていったが、わたしは彼を責める気にはならなかった。

「モナミさんに読んでほしい小説を書いていたら、遅くなった」

到着するなり、必ず彼は息を切らしてそう言うからだった。

「応募用とは別なんだけど、どうしてもモナミさんに読んでもらいたくなって……」

言いながらリュックから紙束を取り出し、うそではないと証明するように、その場で読ませてくれるのだった。

だいたいＡ４用紙で三枚か四枚、最も長かったときで六枚の、短い物語だった。わたしにはそのころ、読書の習慣がなかった。寒空の下で風に吹かれながら読んだそれがおもしろいのかどうか、上手いのかどうか、それ以前に小説として成り立っているのかどうかも、実はよくわからなかった。ただの日記のようなときもあれば手紙のようなときもあり、はたまた古今東西のおとぎ話をまぜたような話のときや、明らかにどこかで聞いたことがある展開の話もあった。

わたしが読み終わるのを、彼はひとつ離れた隣のベンチにじっと座って、待っていた。

「応募原稿在中」の中身がもしもこういうものなのであれば、残念ながら、日の目を見ることは今のところないのではないだろうか。それが第一印象だった。

けれど、「ほんとうにこれを書いていて遅れたのだ」と思わせる力は、彼の文章にあった。それよりなにより、ちゃんとわたしだけに向けて書いてくれている文章なのだと、強く感じた。わたしが話したことや、話していないけれどずっと思ってきたことが、そこかしこにちりばめられていたのだ。

初めて読んだとき、「どうしてわたしのことを、こんなにわかってくれるんだろう、この人は」と思い、二度目には「この人はたぶん、わたしたちにしかわからないわたしたちの言語で、わたしたちのことを書こうとしてくれている」とわかり、三度目では「彼の小説のよさがわかるのは、わたしだけだ」と確信した。

わたしが彼の前でだけほんとうの自分になれるように、彼もわたしの前でだけ、ほんとうの小説家になれるのだと思った。

彼の文章で初めて泣いたのは、大みそかの遅刻のあとだった。新年のカウントダウンをあのベンチでしようと、約束していた。年越しの瞬間にかろうじて間に合った彼は、いつものベンチでそれを渡してきた。

「これを書いていたら遅くなった」

公園の青い電飾はこの日だけ夜通し瞬《またた》いていて、彼の吐く息も渡された紙も青かった。

その日渡されたのは、年老いた学校の用務員が、ひとりの生徒と光る種を育てる話だった。なかなか芽を出さない種は、夏休み明けに掘り返すと消えてしまっていて、やがて生徒も用務員室を訪れなくなるという結末だった。

どこかで読んだことがあるような、新鮮味のない展開とストーリーだ。残念ながら、これからも彼は「応募原稿在中」を持ち込み続けることになるだろうと、このときもわたしは思った。だけどやっぱりそれは、わたしにとっては価値があるもので、わたしにしか伝わらない言葉で書かれた、わたしのためだけの物語だった。

「ありがとう」

胸がつまって、そう伝えるのが精いっぱいだった。読んでいる途中で年は明けたようだった。新しい年の始まりを祝うイルミネーションが映った街の空は、いつにも増して賑やかだった。

涙をふいて、もう一度最初から読み直しているとき、彼がふいに聞いた。

「モナミさんの夢って、郵便局の人だった？」

彼はわたしのほうではなくて、雑居ビルの隙間で小さく灯るタワーの赤を見ていた。

「ううん、人を幸せにすること」

「それは僕もだ」

「それなら、もう叶ってるよ。これを読んで、わたしは今すごく幸せだから」

喜んでほしくて本心からわたしは言った。けれど彼は喜んでくれるどころか、少しさみしそうな顔になって、

「そんなの叶ったとは言えないよ」

と言った。

「モナミさんひとりじゃだめなんだ」

外国語で騒ぐ声が遠くから響き、上で瞬く青い光に照らされた彼の顔はいつもより一層白く見えていた。

タワーとは別の方角で花火が上がった。彼がそれに子どものように素直な歓声を上げたので、そのとき感じた不吉さみたいなものについて、わたしは忘れてしまうことに決めた。

わたしと会うようになってしばらくしても、「応募原稿在中」の封筒が持ち込まれる頻度は変わらなかった。

彼がすずねさんの窓口に行ってしまった日は少し嫉妬し、幸運にも自分の窓口にあたった日に

は、特別ていねいに封筒を扱い、「このあとベンチで」と言い合った。

三月になると彼は大学を卒業した。就職はせず、革製品店でアルバイトを続けながら小説を書くのだと言っていた。月日はおだやかに流れている……とわたしは思っていたのだけれど、それは勘違いだったと遠くない日に知ることになった。

夏のはじまる直前だった。彼は突然、郵便局に現れなくなった。忙しいのだろうと思っていたら、「応募原稿在中」と同じ筆跡の手紙がある日、あの公園のベンチに置かれていた。文鎮の役割をしていた大きな石を退けて広げると、

「モナミさんへ。

小説が出版されることになりました。

忙しくなるので、もう会えなくなります。原稿も直接やり取りできるようになったから、郵便局に行くこともないと思います。

たくさんお話を聞かせてくれてありがとうございました。楽しかったです」

と書かれていた。電話は、つながらなくなっていた。数週間待ってみたけれど、彼からの連絡はないままだった。家に行ってみるしかないと思ったが、そういえば彼の家など知らない。彼がアルバイトしていた革製品店を訪ねてみると、

「あの子なら辞めたわよ」

と店長は言った。店長は三十歳くらいの女性だった。同窓会について伝えたいことがあるのだと口から出まかせを言うと、店長は彼の履歴書を出すまでもなく、住所をそらでメモして渡して

くれた。

「もし会えたら、革の上着を返してくれって伝えてくれる？　あれ結構いいやつなの」

　店長はかばんを磨きながら言った。

「それと、あなたで四人目よ、こうやって彼を訪ねてくる女の子」

　メモにある住所へ行ってみると、もう誰も住んでいなかった。彼と話す時間がなくなるとほんとうのわたしは薄れはじめた。仕事を三日続けて休んでしまった。めったに風邪をひかないので、欠勤するのは初めてだった。

「モナミさんモナミさん、もう見ました？　あの『応募原稿在中』の人って、ほんとに小説書いてたんですね」

　久しぶりに出勤すると、更衣室ですずねさんが待ち構えていて、その本を見せてくれた。ちょうど十七号棟の授乳室の壁みたいな、パステルイエローの装丁の本だった。彼の名前が、表にあった。ある出版社が主催する小説の新人賞を受賞した作品だと、帯には大きく書かれている。

「きのう駅ビルの本屋さんの前を通ったらこれが置いてあって、『えーっ』って思わず買っちゃいましたよ。モナミさんにも教えなきゃって思って」

　裏表紙をめくったところにあるプロフィールをすずねさんが読み上げる。年齢も生まれた町も出身大学も彼のものだった。

「あの人よく来るから、この名前、覚えちゃってたんです。それに……実はあの人、前はわたしの窓口にあたると、よく『僕の書いた小説を読んでくれませんか』ってメモを付けてきてたんですよ。気づかないふりして無言であしらっていましたけど、読んでおけばよかったかなぁ。わたしこの本、さっそく読んだんですけどね、この主人公が――」

情報の処理が追い付かない。

「ああ、大丈夫。すずねさん、もう大丈夫」

混乱しながら、わたしはすずねさんの説明をさえぎった。

「大丈夫」

もう一度言った。大丈夫だと思いたかった。

だって彼の書いたものは、わたしにしか伝わらない言葉で書かれた、わたしのための小説であるはずなのだから。すずねさんに説明されなくても、わたしはよく知っている。

「大丈夫」

深呼吸して、また言ってみた。

そうだ。彼はすぐ戻ってくるはずだ。手紙には「忙しくなるので、もう会えなくなります」と書かれていたのだ。

残念ながら彼は、忙しくならない。彼が書いたもののすばらしさは、わたしにしか伝わらないのだから。彼はわたしの前でしか、ほんとうの小説家にはなれないのだから。そう、きっとそうだ――。

「すずねさん、早く着替えましょう。きょうも忙しくなりそうですよ」

わたしは気を取り直し、すずねさんを促した。「彼はすぐ戻ってくる……」と自分に言い聞かせながら働くと、その日は久しぶりに一度も小銭を落とさなかった。

駅ビルの書店を通りかかるたび、彼の本を見かけた。わたしは立ち読みどころか、立ち止まることもしなかった。きっとすぐに他の本と入れ替えられるだろうと信じた。そうして彼はまた、「応募原稿在中」を抱えて郵便局を訪れる。わたしは速達の判を押し、「このあとベンチで」と告げた彼は、わたしのためだけの小説を持って現れるのだ。

しかし、もくろみは外れた。

すずねさんいわく、彼の書いた本は著名なモデルが紹介したことをきっかけに、売れ始めているらしかった。そんなことあるはずがない。わたしはまだ信じなかった。

「モナミさんモナミさん、あの『応募原稿在中』の人、今度の土曜日、テレビに出るみたいですよ」

翌週になって、すずねさんが教えてくれた。世のトレンドを紹介する、お昼の情報番組だった。わたしは見なかった。信じられない速さで世の中に受け入れられているらしい彼の本のことを、現実として受け止める準備ができなかった。

「いつも着ていた革の上着、テレビでも着てましたよ。めがねは外してました」

放送から二日たった月曜日、すずねさんは教えてくれた。

彼はもう、ほんとうに郵便局に来ないのかもしれない……。不安が育っていったせいで、その日はお金の計算が合わず、いつもより帰るのが遅くなった。疲れ果てて駅ビルの書店を通りかかると、いつもの場所に彼の本はなくなっていた。

よかった。やっと別の作家の新作と入れ替えられたのだ……。長かった……。

ふうっとため息を吐いた、すぐあとだった。レジ近くの一番目立つ棚に、山のように積まれている例の本を見つけた。帯も変わっていた。賞の名前は小さくなり、その代わりに太字で書かれていた。

「売れています！　共感の嵐!!」

共感の嵐？　初めて彼の本を手に取った。帯の反対側には、読者から寄せられた「共感の嵐」の一部が抜粋されていた。

「これはわたしのために書かれた小説だ！」（10代女性）

「自分を肯定してくれる唯一の小説」（20代女性）

「言えなかった感情を言葉にしてくれてありがとう」（30代男性）

「作者の感覚がすごくよくわかる」（20代男性）

「どうしてこんなにわたしのことがわかるのだろうか？」（60代女性）

全部、わたしが彼に対して抱いてきた思いと一緒だった。うそだろう、わたしだけにわかるはずなのに。みんなに同じように伝わるなんて、そんなことあるだろうか。自分が少しずつ縮んで小さな点になっていくのを、離れた場所から見ている気がしてきた。

みんな同じ。

わたしもそうだった。

みんなそれを乗り越えていくんだよ。

共感の嵐！

いろんな声が耳の奥で渦巻いて、頭と目の奥と胸がしくしくしてきた。痛い。いったいどれだけ自分が特別だと思っているんだ、わたしは。わたしの悩みは、苦しさは、生きづらさは、誰でもみんな抱えているものなのだ。「わたしだけ」なんてない。それなのにどうして、わたしは痛い痛いと叫びたくなってしまうんだ。どうしてこんなに、この痛みに慣れないのだろう。

レジでお金を払ったのかよく覚えていないが、書店を出ると、街を歩きながら彼の本を読んだ。たくさんの人にぶつかり、転んだりもしたが、本は手放さなかった。赤いタワーが見える公園のベンチにたどり着き、そこでまた読んだ。虫刺されが脚にも腕にもどんどん増えていくので、再び歩き回った。自転車にベルを鳴らされ、ぶつかった人に舌打ちされ「じゃまなんだよ」と怒られ、ティッシュ配りの青年からも避けられ、それでもとにかく読み進めた。

彼のこれまでの人生を下敷きに書いたらしい、青春小説だった。展開は、わたしが彼に見せてもらっていたどれにも似ていなかったが、確かに彼の文章だった。

主人公が恋をしているのは、鈴のようなよく響く声を持ち、道案内が得意な若い女性だった。読んでも読んでも、そこにわたしは、いなかった。中盤に一度だけ、イニシャルＭの女性が脇役で登場した。Ｍは、足音と胸が小さいのが特徴の、目立たない女だった。目の前で大量の小銭をぶちまけて迷惑をかける以外、主人公の人生には特になんの影響も及ぼさず退場した。

彼の小説を読んで泣いたことは幾度もあったけれど、それとは比べものにならないくらい大量の涙が流れた。息継ぎが難しくなり、すれ違う人の好奇のまなざしを感じながら歩き続けた。どこかから「偽モナがまた変人ぶっている」と囁く声が聞こえた気がして、振り返った。たくさんの知らない人の後ろ姿があるだけだった。

彼が見せてくれたほんとうのわたしなど、勘違いだったのだ。彼のことを唯一理解してあげられる特別な女性なんかではなかった。ただ周りに馴染めないだけのわたしは、いつまでも、いつまでも、にせものだった。「みんなと同じ」なのに「変人ぶっている」、ちっぽけなにせものだ。

顔も髪も涙で濡れ、べとべとしていた。転んだときに擦ったようで、ひざからは血が出ていた。わたしには向かう場所もなかったが、やがて工業大学のキャンパスが目に入ってきた。レンガの塀と背の高い木々に囲われたその中に、とりあえず身を隠したいと思った。

夜間の学生が出入りする時間のようだった。警備員がいたが、わたしは止められなかった。学生に見えたのかもしれない。門をくぐるとバス通りの騒々しさは薄れ、古びた洋館のような教室棟が左右に並んでいた。まっすぐ奥まで行くと、突き当りの先に一棟、近代的なビルが建っていた。最近になって増設されたようで、それだけが真新しかった。「十七号棟」と書かれた案内板を見やり中に入ると薄い桃の香りがして、心が少し落ち着いた。

まだなんの講義も割り当てられていないようで、ひと気がまったくなかった。外のざわめきは、より一層遠くなり、その静けさは懐かしい光景を呼び起こした。朝の学校を歩き回っていたときの記憶だ。わたしは十七号棟を偽モナと呼ばれたあのころのように、一階ずつ徘徊することにした。

照明はどこも点いていなかった。窓から入ってくる外灯の光だけを頼りに、ひっそりと歩いた。

最上階まで登って、三階まで降りてきたときだった。ほかの階にはなかった案内板が目に入ってきた。矢印と、哺乳瓶のマークが描かれていた。大学にまで授乳室があるのかと、わたしは驚いた。若いあなたにとっては当然に思えるかもしれないけど、当時はまだそれほど、公共施設の授乳室設置は進んでいなかったのだ。わたしはその方向へと引き寄せられた。授乳室はわたしのための場所ではない。わかっていたけれど、足はそちらへ向いた。

　スライド式の扉は、やさしい桃色をしていた。十七号棟に入ったときからしていた香りとその色の印象は一致した。そこにいる資格がない者のことをも、やさしく包み、歓迎してくれているような色だったので、わたしは自然とその扉を開いていた。

　ちいさなベビーベッドひとつ。よく磨かれた蛇口とシンクひとつ。その横に湯沸かしポットひとつ。壁には正方形の窓がひとつ。そしてカーテンで隔てられた向こうには、ソファーがひとつ。

　ソファーには一か所、へこみがあった。こちらへどうぞと誘われたように感じ、へこみにぴたりと腰を当ててはめるように座ってみた。ほのかな温みが残っていた。直前まで何者かがそこにいて、わたしのために座席を温めていてくれたかのようだった。久しぶりに感じる人肌の温度に刺激されたのか、止まっていた涙がまた流れた。もう人目を気にする必要がなくなっていたわたしは、そこで思う存分泣きながら彼の本を最後まで読んだ。誰も訪れず、足音さえしなかった。

　読みながら思ったのは、わたしは強くならなければいけないのだということだった。この痛みに慣れるためには、鍛えなければいけない。にせもののまま生きていくためには、毎朝校内を歩き回っていたあのころよりもっと、鍛えなければいけない。

どれくらい経っただろうか、熱くなったまぶたを押し上げ、改めて辺りをよく見渡した。シンク以外、どこもファンシーなパステルカラーだった。どれも、わたしが身にまとったことのない色だ。扉とソファーとポットは桃色で、カーテンはラベンダー色。壁は黄色の部分と水色の部分があった。照明をつけなくても、外の灯りで部屋中ぼんやりと光っているように見えた。いつか見た花畑の夢の中の景色に似ていた。世界の営みがすべて止まっているような薄明るい場所の真ん中に、いつのまにかわたしは座っていた。

ソファーの座り心地は最高だったけれど、居心地がいいわけでは決してなかった。パステルカラーを意識したわたしは、急に強い不安に襲われた。ここには、おなかを空かせたあかんぼうとそのお母さんが、いつやってくるかもわからないのだ。何の条件も満たしていないわたしは、不審者として通報されるかもしれない。そこまでされなくても「出て行ってください」と注意されるだろうし、警備員を呼ばれたら「この、にせものめ」と追い出されるだろう。当然だ。仕方のないことだ。

誰でも受け入れてくれるような優しい顔をしながら、ほんとうのところ、そこにいるのが許されるのはほんの一握り。世界は、そんな場所ばかりだ。

涙が再び途切れた今、ただそわそわと落ち着かなかった。場違いなこの部屋から早く出なければと腰を浮かしかけ、気がついた。

「授乳室はわたしにとって、この世界そのものだ」

招かれざる場所に居座っている罪悪感。それは、わたしが長い間、感じてきたものと同じだった。授乳室はそれを凝縮して感じられる場所なのだ――。わたしは、思いついた。

「ここで鍛えたらいいんじゃないだろうか？」と。

名案だと思った。授乳室は、特訓を積むのにぴったりの舞台だ。むやみやたらに歩き回るより、体は楽。かつ心理的負荷は高くなる。清潔で、水場もある。場違いなところに堂々と居座る練習に、授乳室はうってつけの場所だ！

それから五分、そこで過ごしてみた。滝に打たれる修行者のように、いるべきではない場所にいる罪悪感や違和感を全身に浴びながらじっとしていた。

授乳室がサウナだとしたら、授乳室の外は水風呂だった。十七号館を出た瞬間、爽快感と達成感があった。授乳室に比べたら、外の世界はまだわたしがいてもいい場所だと思えた。わたしは、毎日これを続けようと誓った。これが、「授乳室荒らし」への第一歩となった。


わたしは仕事終わりに一日ひとつずつ授乳室を見つけ、入るようになった。何事もなければ最低五分、その場違いな部屋でじっと耐えた。

続けるにあたって、ひとつだけ、厳重に守っていたルールがある。授乳室をほんとうに必要としているあかんぼうの邪魔になることだけは決してしない、というものだ。お母さんやシッターさんに恐怖心を与えるのも、本望ではない。そんなことをしたら「人を幸せにすること」というわたしの人生の指標から大きく外れてしまう。だからわたしは、あかんぼうが少ないであろう平日の夜を選び、「人の気配がしたらすぐに立ち去る」と定めた。あかんぼうの泣き声やベビーカーのタイヤの音が少しでも聞こえたら、授乳室を飛び出て、見えづらい陰に身を隠した。足音の小ささは、ここでも役に立った。もっとも、最初からひと気のない建物の授乳室を選んでいたし、夜間に出歩くあかんぼうは想像よりずっと少ないようで、そんな機会はほとんどなかったのだけれど。

最初はじっと五分が過ぎるのを待つだけでいっぱいいっぱいだったが、徐々に余裕が出てきてからは、授乳室で彼の小説を読み返すようになった。読むたび心が痛むので、鍛えられている感が増すのだった。彼にあげたストールと同じネイビーブルーのペンで、読み返したい箇所に線を引きながら読んだ。

毎晩毎晩、授乳室を巡っているうちに、気づけば長い年月が過ぎていた。自分でも驚くくらいに。どれくらいかというと、すずねさんが局長の次男と恋愛をし、結婚をし、産休と復帰を三回繰り返してから退職し、子育てが落ち着いたあとに再雇用されたくらいの時間だ。

例の彼はというと、最初の本がベストセラーになって以来、人気作家としての地位を保ち続け、今では「共感の嵐を呼ぶ男」とも称されている。わたしは、彼が巻き起こす嵐で舞い上がる一粒の砂に過ぎなかったのだと思い知った。いまや彼には多くの著作があるが、わたしが授乳室で読むのはいつも、最初の一冊だけだ。この物語のどこかに、小銭をぶちまけるイニシャルM以外のわたしが居るのではないか。それをまだ探していた。線はどんどん増えていくので、どのページもネイビーブルーに染まっている。

わたしだけが、変われていなかった。街ではなるべく存在感を出さないようにし、郵便局では少しでも「ほんとうの郵便局員」に見えるように振る舞い続け、授乳室を巡る日々。いったい何をしているんだ、と我に返ることもあった。

こんな毎日に、ほんとうに意味はあるのか。にせものがひとり世界から消えたって、なんの影響もないだろう。誰も気に留めないだろう。一旦そう考え出すと止まらなくなったが、そんなときわたしを助け出してくれるのもまた、授乳室だった。

デパート、博物館、病院、区民プール、映画館、プラネタリウム、おみやげ店――。この街は都会だから、遅くまで開いている授乳室がたくさんあった。時代の流れのおかげで、新しい授乳室もどんどんできていく。それらを見つけ出すことに没頭しているときは、余計なことを考えずに済んだ。

どの授乳室もそれぞれ、あかんぼうへの愛、保護者への配慮に満ちていた。植物園の授乳室には行くたびに違う花が生けられ、公民館では区立幼稚園の児童が描いた絵が飾られ、飲料メーカーが入るビルでは試飲の栄養ドリンクが置かれていることまであった。離乳食のレシピや、乳児の成長曲線グラフなどが壁に貼られていることも多く、わたしはどんどんあかんぼうの生態に詳しくなった。

授乳室がどれだけ増えても、一番のお気に入りだけはずっと変わることなく、最初に入った工業大学の十七号棟三階の授乳室だった。

そう、今夜あなたと出くわしてしまった、あの授乳室。

あそこはいつも掃除が行き届いているし、数年前からは階段に人感センサーが設置された。わたしには反応しないくせに、ほかの人が近づくと照明が点くようになったから、出入り口の扉を少し開けておくだけで、人の気配にすぐ気づける安心感があった。それに初めて行ったときと同じ薄い桃の香りがいまでも漂っているので、初心を忘れずにいられる。

不審なうわさがたつのを恐れ、同じ授乳室ばかりに足が向かないよう注意していたつもりだったけれど、お気に入りの十七号棟に行く頻度は自然と高くなっていたみたいだ。あなたのような若い学生に気づかれていたなんて。

*

そう、今夜もわたしは、十七号棟三階の授乳室で本を読んでいた。

人感センサーの明かりは点いていないのに誰かが――つまりあなたが――、階段を上がってくる気配がしたので、わたしはシミュレーションどおりにさっと授乳室を飛び出した。階段の踊り場の陰へ一旦隠れ、二階の渡り廊下を走って外へ出るつもりだった。

いつもならこれで逃げ切れるのだ。でも、あなたは違った。

「授乳室荒らしさん！」

こちらが怯《ひる》むくらいの金切り声で叫んで、泣きながら長い髪を振り乱し、転がるように追いかけて来た。わたしと同じくらい足音はしないのに、走るスピードは速かった。

「授乳室荒らしさん！　授乳室荒らしさん！」

その必死さにも驚いたが、わたしは自分が「授乳室荒らし」と呼ばれたことのほうが、もっと驚いた。わたしはいつから、そんなふうに呼ばれるようになっていたのだろう。長い年月が走馬灯のようによぎった。

もしかして若いあなたは知らないかもしれないけれど、わたしが授乳室に通いはじめた数年後、悪質な「授乳室荒らし」騒ぎが起きたことがあったのだ。この街じゅうの授乳室のポットとベビーベッドを夜の間に盗むという許しがたい所業で、新聞では「連続授乳室荒らしに注意！」という見出しで記事にもなった。

わたしはその犯人と、出くわしてしまったことがある。高層ビル最上階にできた夜景がきれいな授乳室だった。彼らの接近に、わたしはまったく気づけなかった。ベビーベッドをあっという間に解体して運び出すなんて朝飯前といった屈強な男三人組だったが、彼らはプロの泥棒だけあって、気配を消すことが上手だった。

「おばさんも同業かよ」

本から目を上げると覆面をした彼らがいて、そう聞かれた。あかんぼうを連れていないのだから、そう思われても仕方がない。どうやって使うのか、彼らは太く長い縄と金づちを持っていた。恐怖でわたしは声が思ったように出せず、首を横に振るしかできなかった。

右の男が舌打ちをして、

「にせものか」

と吐き捨てるように言った。

「ていうか、おれらより不謹慎なヤベェ人っすよ。暗い授乳室に居座るとか」

左の男は、笑いながら言った。

ボスらしい真ん中の男はため息をついたあとで、

「……紛らわしいことしないでくれよな」

と言った。興がそがれたとでも言うように、三人はポットだけ持って行ってしまった。数か月後、彼らが捕まったと新聞で知ったが、わたしの心からは「にせものか」の声が、離れなかった。わたしは「授乳室荒らし」としてもにせものか……と、自らを嗤った。

あなたに「授乳室荒らしさん！」と叫ばれたとき、だから、わたしは奇妙な感動を覚えた。いつの間にかほんとうの授乳室荒らしになっていたんだ、と思うと、一瞬時が止まってしまった。あなたはその隙を見逃さず、距離を縮めてきた。

外に出れば一安心だろうと思っていたが、キャンパスの敷地を出て、大通りを横切り、いくつもの授乳室を通り過ぎても、あなたは追ってきた。あなたはたくさんの人とぶつかって怒号を浴び、赤信号を無視してスクランブル交差点を横断し、バスにクラクションを鳴らされ、この街の交通を一時麻痺させても、諦める様子がなかった。なぜこれほどに必死なのか。わたしは恐ろしくなってきた。授乳室荒らし犯に出くわした夜よりも命の危険を感じた。

若い人の体力には敵わない。もう走れない。銀杏並木沿いでわたしがタクシーを捕まえようとしたときだった。あなたは高校球児がホームベースに向かうように身を滑らせ、わたしの足元に飛び込んできて足首をつかみ、そして、きつく握って離さなかった。

「やっと、やっと会えた……、授乳室荒らしさん……」

観念したわたしは、初めてあなたの姿をちゃんと見た。

目を、疑った。ジーンズの膝が破れて白いブラウスには土がつき、絡まった髪が汗で濡れ、目元の化粧が取れて黒い涙を流しているあなたはぼろぼろで、そんなところも含めてあなたは、かつてのわたしにそっくりだったから。着火に失敗した短いマッチ棒のような体形も、若いころのわたしに似ていた。

足首の手をむりやりほどくことが、できなくなった。見つめ合うわたしとあなたを置いて、タクシーは静かに扉を閉め、行ってしまった。銀杏の葉が風で揺れて鳴っていた。

「あなたは……なんなの？」

わたしが声をかけると、よっぽど切羽詰まっていたのでしょう、あなたは足首につかまった体勢で、泣きじゃくりながら話し出しましたね。

「わたし、変わりたいんです、強くなりたいんです、それで、授乳室荒らしさんを……」

あなたの嗚咽《おえつ》が激しくなっていくのが心配だった。ちょうどその地点は、わたしが行き慣れている授乳室がある球場の近くだったから、

「中で話しましょう」

わたしはあなたを率い、ここへ来たというわけだ。

「この球場の授乳室は、観客じゃなくても使えるの。ちょうどナイターがない日でよかった。試合があるときは授乳室も大賑わいで、こんなふうにゆっくりは、とてもできないから。このソフ

ァーは引退した元プロ野球選手がプロデュースしたもので、腰を労わる設計になってるの。だから、安心して座って。ＢＧＭもほら、オルゴール調にアレンジされたチームの応援歌でしょう」

泣いたままのあなたを少しでも和ませたくて、わたしはつまらないうんちくを長々と語った。いかにも「授乳室荒らしぶってる」感じが気恥ずかしく、顔が熱くなってきたが、あなたを落ち着かせることが最優先だった。

あなたは徐々に呼吸も整い、やがて少しずつ話し出した。

「わたし、遠くの海が見える街で生まれて、この春、あの授乳室がある大学に入るために上京してきました」

見かけだけではなかった。話を聞けば聞くほど、あなたはわたしに似ていた。

「ちいさいときからいつも、どこにいても、なじめなかった」

わたしだ。

「何をしても、慣れなかった。ずっと何かが怖いんです。何かに向かって謝りたい気持ちがずっと、あるんです」

わたしだ。

「あいつはにせものだぞって、あいつはわたしたちの世界に紛れ込んでいるにせものだ、場違いな野郎だぞって、陰で笑われている気がしているんです。こんなの自意識過剰だって思いつつ、歓迎されていない場所にむりやり居座っている気持ちは、消えませんでした」

やっぱりわたしだ。

「そんなわたしも大学生になって初めて、好きな人ができました。その人と話すと、自分の言葉が通じているって実感できました。わたしと彼は同じ生き物だって思えました。彼がいる世界なら、わたしもいて大丈夫なんだと思えました。でもその人は、別の女の子と付き合い始めました。その子のいる場所が真ん中になるような、わたしと正反対の子でした」

どんどんと、昔の自分と話しているような気分になってきた。

「どうしようもないってわかっていても、つらくて、どうしたらいいかわからなくなりました。ここは、わたしなどお呼びでない世界なのだと、思いました。ふられたくらいで大げさだと思うでしょうか」

わたしは、首を横に振った。あなたは続けた。

「前にスーパーのレジでアルバイトをしているとき、お客さんに『接客が向いていないから辞めたほうがいいよ』と言われたことがあります。元気がないとか手際が悪いとか、落ち度はわたしにあったので、言われてもしょうがない言葉だったと思います。このごろ思うんです。たぶん、わたしは接客に向いていないように、この世界に向いていません。アルバイトみたいに、向いてないからという理由で、途中で辞められたら楽なのに。そう考えてしまったとき、授乳室荒らしさんの都市伝説を知ったんです」

都市伝説？　口裂け女とか人面犬とか、そういう恐ろしいものが浮かんだ。

「あ、その伝説、ご存じですか？」

わたしはまた、首を振った。

「授乳室荒らしを見た人は幸せになれる、という都市伝説なんです」

「幸せ……」

思わず、息をのんだ。

「はい。『授乳室荒らし』って言葉は物騒ですけど、いわゆる座敷童《ざしきわらし》みたいなものですね」

それからあなたは、「授乳室荒らしの生態」を教えてくれた。

授乳室荒らしは、この街の授乳室に夜な夜な出現する未確認生物であること。大学では十七号棟の授乳室に現れること。授乳室のソファーで本を読む習性があること。警戒心がとても強いこと。人が近づいて来たら音もなく姿を消してしまうこと。人に迷惑をかけない善良な生物であること。

「それで、学生の間ではいつからか『十七号棟の授乳室荒らしを見た人は幸せになれる』というジンクスができていたんです」

「幸せに、なれる……」

「そうです。こんなわたしの耳に入るくらい、学内では有名な話なんです。わたし、だから、どうしても見たくて、何度も何度も挑戦して、でもだめで、それで、それで、今夜やっと……」

切なそうに息継ぎし出したあなたの背中をさすった。

「落ち着いて。深呼吸して。ねえ、その伝説、ほんとうなの？ ほんとうに誰か幸せになったの？」

あなたは頷いた。

「きっかけは、大学の就職課に貼ってあった大手企業の内定者アンケートだったそうです。『授乳室荒らしが走り去る影を見た翌日、第一志望に就職が決まった』という体験談が貼られたのが最初で、そこからどんどん幸運の連鎖が始まったとか。『脱走したハムスターが戻ってきた』『失くしたパスポートを見つけた』『抜け毛が止まった』『コンサートの最前列が当選した』『アルバイトの時給が上がった』『肩こりが消えた』『おばあちゃんの手術が成功した』……。いろんな話が聞こえてきました。『学長が授乳室荒らしを見た翌年の受験者数は大幅に増加した』とか『二十年ぶりの駅伝出場が決まった』というのもありました。授乳室荒らしの姿をはっきり見た人は、誰もいません。みんな、授乳室荒らしの影を見ただけで、そんな幸運が舞い込んだそうです。幸運の女神である授乳室荒らしに余計なストレスを与えないよう、いまでは警備員さんも十七号棟三階だけは巡回しないそうですよ」

　わたしは、黙った。だって、その幸運はすべて偶然でしかありえない。もしくは当人たちの努力や祈りの成果だろう。わたしは何もしていない。ただ授乳室に座っているだけで「人を幸せにする」という夢が叶うなんて、そんな幸運が――。

　あっ、と声が出そうになった。十七号棟のあの授乳室に初めてたどり着いたあの日のことを、思い出したのだ。ソファーのへこみ。そこに残った温かさ。わたしではない授乳室荒らしが、直前まであの場に、いたのではないだろうか。その人こそが「ほんとうの授乳室荒らし」なんじゃないだろうか？　わたしはあの日、「ほんとうの授乳室荒らし」の影を、知らず知らずのうちに見ていて、その恩恵を受けたのかもしれない、と思った。

あなたは、話し続けていた。

「苦しいとき、その噂を聞いて、わたしも絶対に授乳室荒らしを見たいと思ったんです。わたしはにせものだからこそ、影だけじゃなくてほんとうを、この目でちゃんと見たいって。見たらわたしにも何かいいこと、あるかもしれないと思えたんです。あなたですよね？　授乳室荒らしさんって、あなたのことですよね？」

わたしは迷った。今の自分は、ほんとうの授乳室荒らしと言えるのか？　それともやっぱり、にせものの授乳室荒らしなのか？

わからない。ほんとうって何だ。にせものって何なんだ。

「あの、大丈夫ですか？」

あなたがわたしの顔を覗き込んでいた。黙っているとあなたは、あなたの涙と汗と土でよごれたハンカチを水道で洗ってから、わたしの頬にあてた。いつのまにか流れていたらしい涙を、ふいてくれたのだった。わたしの涙は止まらなかった。あなたはまたハンカチを濡らしに行き、もう一度、ふいた。ほてった頬に伝わるその心地よい冷たさはやがて、わたしの心のある部分を目覚めさせていった。

あなたを、幸せにしたいと思った。短いマッチ棒のような、胸も足音も小さな、わたしに似ているあなた。心はわたしよりずっと優しいあなた。

「ありがとう」

わたしは、腹をくくった。今こそ「ほんとうの授乳室荒らし」になるのだ、と心を決めた。

自分に足りなかったのは、これだったのかもしれないと思えた。にせものなりにほんとうのふりをし続けてやるという決意だ。

明るくなった視界で部屋中のパステルカラーを見つめ直し、背筋を伸ばして座り直した。

「あなたがよくご存じのとおり、わたしは長いこと授乳室荒らしをしている。今なら自信を持って言える……」

深呼吸。

「そうです、わたしこそがほんとうの授乳室荒らしです」

言えた。

誰が何と言おうとも、わたしはあなたを幸せにする授乳室荒らしだ。あなたの目に、涙とは別の輝きが宿った。ああ、わたしは、それを守りたい。ただ、あなたを励まそうとすると、うまく言葉が出てこなくて、こんなに長々と話すことになった。あなたになにか言おうとすると、かつてのわたしが言われた言葉が口から出てこようとするのだ。

みんな同じ。

わたしもそうだった。

みんなそれを乗り越えていくんだよ。

共感の嵐！

言われるたびに、どこかさみしい気持ちになった言葉たちだ。

だけど、わたしは、あなたにやっぱり言いたい。

「みんな同じだよ、わたしもあなたぐらいのころ、そうだった。同じ気持ちだった」

やっと、あのころ言われていたことの意味がわかり始めた。みんな、あのころのわたしに、こんな気持ちを伝えたかったのかもしれない。

あなたは昔のわたしのように、「この人にもわたしの言葉は通じないのか」と、さみしそうな目になっていく。けれど、ほんとうの授乳室荒らしであるわたしは続けたい。

「わたしも同じ気持ちだった。だけど今はわかる。たとえにせものだったとしても、あなたはどこにだって居ていい。みんなと同じでも、同じじゃなくても、どんなに場違いに感じたとしても、この世界にはあなたが居るべきじゃない場所なんてない」

偽モナが授乳室荒らしぶっている、とか、授乳室荒らしのくせに偉そうに説教しやがって、とか、またどこかから、そんな声が聞こえた気がするけれど、もう気にしない。わたしは今、あなただけを見たい。

「あなたにはただ、居てほしい。どこでもいいから居続けてほしい。無意味に感じる時間ばかり流れて、申し訳なくなって、消えたいと思うときがあったとしても、たくさんの時間が流れたらそれだけであなたの前にもきっと、昔の自分に似た誰かが現れて、その人に笑ってほしいと思う瞬間がやってくる。だから、わたしはあなたにこの世界にいてほしい」

あなたにもいつか、わかるだろう。そこに居続ける長い長い時間で、いろんなことが変わっていく。中には変わらず消えない痛みもあるけれど、それでも、そこに居るだけで知らない誰かをいつのまにか幸せにしているような、奇跡だって起こりうる。そう、わたしに起きたみたいに。

授乳室で鍛え続けた年月は、むだではなかったのだと、わたしはやっと思えた。

「あなたはわたしに会えたから、幸せになれる」

と、自信を持って言える。


さあ、もう涙はふいて。わたしは、先にこの部屋から出て行くけれど、あなたはもう少しここで心を落ち着かせていったほうがいいでしょう。

そうだ、授乳室でいつも読んでいたこの本、あなたにあげます。今夜あなたに会えたから、わたしにはもうこの本も授乳室も、必要ありません。「ほんとうの授乳室荒らし」としての役割は今夜限りで卒業です。

もしも授乳室荒らしの噂をしている人がいたら教えてあげてほしい。この街に授乳室荒らしは、残念ながらもう出ないみたいだと。

……え？　あなたが、わたしの跡を継ぐ……？

……あなたがそう言うのなら、わたしは止めない。確かに、あなたには授乳室荒らしの素質がある。きっとすてきな、ほんとうの授乳室荒らしになれるでしょう。時間はかかるかもしれない。でも必ずいつか、あなたにそっくりな誰かを、幸せにできるでしょう。

ほら、鳴っていたオルゴール調の球団応援歌も、球場の閉門時刻が近いことを知らせる自動アナウンスに変わりました。

それでは、さようなら、さようなら。またどこかで会えるでしょうか。

わたしもあなたの幸せを祈り続けます。いつまで経ってもなじめない、この世界のどこかから。

胸は育たない

夜のプールに忍び込むなんてこと、本当はしたくなかった。そういう青春ドラマのヒロインみたいな行動が似合うのは、わたしじゃない。

ぴったりなのは例えば、トランペットの音色のように背筋がいつも伸び、ただ廊下を歩くだけでポニーテールがすてきに揺れ、厳しさと優しさを正しい割合で混ぜたほほえみができる人。それから、個性を殺す制服、その真っ白な夏服の下に豊かな胸を、何もかもが完璧な胸を、ひっそりと隠している人。つまり、わたしにないすべてを持っている人。

そんな人は、この高校に綾子《あやこ》先輩しかいないことを、わたしは知っている。


その日は、「今年一番の暑さになる」と朝からニュース番組で何度も何度も繰り返されていたのだけれど、わたしたち吹奏楽部は教室の窓とドアを閉め切って練習することを強制されていた。大学受験を半年後に控えた三年生が、一階の教室で夏休みの特別講習を受けているためだ。

合奏をするのは冷房付きの広い音楽室だが、基礎練習は楽器ごとに分かれ、それぞれパート部屋と呼ばれる教室で行う。わたしたちオーボエのパートには四階の隅にある一年G組の教室が割り当てられていて、そこには冷房が付いていない。それでも、普段はあらゆる窓とドアを全開にしていれば、風が心地よく教室を通り抜けてくれる。北国の短い夏は、それで乗り切れるはずだった。

音大出の吹奏楽部顧問の口癖は「一度出した音は、どうやったってなかったことにできない」だが、音楽には一切口出しをしない副顧問の口癖は「この町の夏の風は、地中海の風とよく似ている」だった。陽気で旅行好きな副顧問の言葉を、地中海どころか海外旅行に行ったことがないほとんどの部員は信じ込んでいるのだが、閉め切っていたのではその風も感じることができない。一年Ｇ組の教室には熱気が充満していた。楽器に吹き入れる自分の呼気が、更に気温を上げている気がした。

オーボエ担当は、わたしと晴香《はるか》の二年生二人しかいない。毎年夏に開催されるコンクールのメンバーには今年はわたしが選ばれた。でも弱小の我が校は、すでに地区大会で敗退していて、残った夏を持て余していた。暑さに耐えられなくなったらしい晴香が口を開いた。

「ちょっと練習やめて、窓を開けない？」

わたしも賛成して、楽器を机に置いた。

気づけば他のパート部屋からも楽器の音はほとんど聞こえてこない。小田《おだ》君のトランペットの高音練習が閉めたドアと窓越しに延々と響いてくるだけだった。小田君は七月のコンクール敗退後に三年生が引退してから、部長に就いたばかりだ。

トランペットのパート部屋は、五部屋分離れた一年Ａ組の教室にある。小田君の音色は、まっすぐ飛ぶ。その軌道がわたしには、はっきりと浮かんだ。目標としているところまで、わき目も振らず光のように飛んでいく。

「小田君のハイトーンは、絶対三年生の教室にも聞こえちゃってるよね」と、晴香が言った。

「聞こえさせたいんじゃないかな。綾子先輩に」

「やっぱりそう思うよね、まだ好きなのかな。かわいそう」

　小田君と、一つ年上の綾子先輩。同じトランペットパートの二人は、吹奏楽部員の間で長らく「セット」のようなものだった。小田君を語るときは綾子先輩を、綾子先輩を語るときは小田君を。一年と少しの間、交際していた二人は、音色が似ていた。どちらかといえば高音が得意な小田君と、どちらかといえば低音が得意な綾子先輩が合奏をすると、一つのトランペットを二人で吹いているように聞こえた。トランペットを力で真っ二つにできないように、この二人のことはどうしたって壊せないと思わされた。

*

　初めてその二重奏を聞いたのは、一年生の初夏の頃だった。練習を終えて校舎を出て、靴ひもを結び直しているときだったと思う。

音がする一年A組の方向を振り返って見上げると、晴香が言った。

「綾子先輩と小田君なんだよ、この音」

　生まじめな性格と大人びた美しさで、後輩の女子部員にとって近寄り難い存在の綾子先輩とは、二人ともあいさつ程度しか交わしたことがなかった。

「小田君、一年生でひとりだけコンクールメンバーに選ばれたでしょう。合奏の後、綾子先輩がマンツーマンで指導してるらしいよ」

「そうなんだ」

答えながら、「わたしはなぜ今、オーボエを吹いていないんだろう」と焦りに似た気持ちを感じた。二つの寄り添う音色にはそう思わせる何かがあった。ついさっき楽器ケースにしまったばかりの木管の手触りを思い返した。わたしがより自主練習の時間をとるようになったのは、その翌日からだった。

十九時を過ぎると、部員は帰宅してもいいし、自主練習で残ってもよかった。わたしは合奏が終わると音楽室を出て、学年教室棟とは渡り廊下だけでつながっている特別教室棟に向かった。その二階にある地学室にこもって、ひとりで吹いた。地学部は一か月に一度しか活動しないので、たいてい誰もいなかった。

まれに、この高校でただひとり地学を担当している坂野《さかの》先生が現れて、備品の整理をしていることがあった。坂野先生は五十代半ばで口数が少ない。たまに出くわすと個包装のキャンディーやキャラメルを地味な色のスカートのポケットから取り出し、無言でくれた。わたしが同じところを繰り返し練習しても、毎回同じところで失敗しても、先生は何も言わない。入室から退室まで会釈しか交わさないこともあった。

地学室の椅子は背もたれがなかった。けれど、周りにはどの楽器の練習部屋も割り当てられていないので、いつもより集中できる気がした。棚に整頓されて収まっている地球儀や鉱物の標本や、壁の美しい惑星のポスターなんかにひっそり見守られている気がした。

綾子先輩と小田君の音は、地学室まで聞こえた。去年のコンクールは県大会で敗退だったが、その後も居残り練習を続けていた。二つの音色は確実にセット。綾子先輩の音が磨かれるほどに小田君の音も澄んでいった。それほど演奏レベルも志も高くない部員が大半を占める中で、二人の上達ぶりは群を抜いていた。

二人が付き合っていることはやがて、部内で暗黙の了解になった。楽器ケースに色違いの八分音符のキーホルダーを付けているほかは、決して人前で恋人同士らしい素振りを見せない二人のことを、みんながそっと見守った。彼らは誰にも冷やかすことのできない恋愛をしていると、そう思っていた。

それなのに、小田君は綾子先輩につい最近ふられたらしい。

「綾子先輩が、夏のコンクールを終えて部活を引退する日、大学受験を口実に別れを告げた」

そのニュースは、どこからか少しずつ漏れ伝わった。部員ひとりひとりにとって、それぞれ大きさは違えども衝撃だった。わたしには、ミッキーマウスとミニーマウスの破局くらい、ありえないことに思えた。誰から見ても確固とした組み合わせが壊れるのを、初めて自分のそばで体験した。そのことは悲しみのようにも、希望のようにも感じた。

小田君がふられた理由を、わたしたちはさまざまに想像した。同学年の部員も彼には何となくその話題について気安く聞けない雰囲気があって、小田君を中心にひっそり円を描くようにして想像するしかできなかった。囁かれたさまざまな説の中で、有力視されていたものの一つは、今年の七月に行われたコンクール地区予選での、彼のある失敗についてだった。小田君は、コンクール課題曲のマーチで、最も目立つ高音のファンファーレを外したのだった。

あの演奏の後、誰も彼を責めることはしなかった。みんな小田君の練習量が誰よりも多いことを知っていたし、彼ほど目立つ部分ではなかったものの、それぞれ自分のミスを胸に抱えていた。小田君が完璧な演奏をしていても、県大会に進めた可能性は低かった。

それでも、ずっと一緒に完璧を求めて練習してきた綾子先輩は、小田君を許せなかったのかもしれない。敗退が決まった瞬間、つまり三年生の引退が決まった時、綾子先輩はいつもと同じように背筋を伸ばし、何かの意思を秘めたまっすぐな瞳で遠くのほうを見ていた。

綾子先輩は、引退してから音楽室に姿を現さなかったが、職員室前の廊下をひとりで歩く姿を一度だけ見かけた。いつもポニーテールにしていた肩より長い髪を少しだけ切って、結わずに下ろしていた。ますます大人っぽくなったように見えた。そばで立ち話をしていた男子生徒数人が、話を続けながら、目だけで先輩を追っていた。後ろ姿が長い廊下の角を曲がって見えなくなるまで、わたしも彼女のことを見ていた。先輩が、さらに違う場所へ進んで行くように感じた。小田君の楽器ケースには、まだ深い青色の八分音符がぶら下がったままなのに。

*

カラカラと音を立てながら、晴香は一つずつ窓を全開にして、「地中海の風」を大胆にスカートの中に迎え入れ始めた。わたしを背にしたまま、裾《すそ》を団扇《うちわ》のようにして仰ぐ。その度、膝の裏側や、白い太ももの付け根のほうまで目に入った。晴香の脚は細くて膝下が長い。わたしのよりも断然きれいだ。晴香のことを美しいと感じる男子はきっといるはずだ。わたしも晴香もまだ、彼氏なんてできたことがない。先にできたほうが駅前のドーナツ店でごちそうする約束をしている。晴香は違うクラスのサッカー部員、成田《なりた》君に片思いをしているのだけれど、今のところ成就の気配はなかった。話したことさえ一度もないのだ。それでも晴香は彼をアイドルのように崇拝している。

　教壇に一番近い窓を開けた晴香が、窓の外に身をぐんと乗り出したまま、なかなか戻ってこなかった。

「何か見えるの」と声を掛けると、

「すごい、ここからプールが見えちゃう」

　と、晴香は興奮ぎみに言った。

「プール？　プールなら、いつも見えるでしょう。水泳部でしょ？」

「違う違う。今日は違う。サッカー部が泳いでるの。サッカー部が」

晴香は見てはいけないものを見たように上ずった声で言って、

「それに、女子マネージャーたちも泳いでるの」と付け加えた。

窓の端に束ねられたカーテンに隠れるようにして、わたしも斜め下のプールへ目をやった。思っていたよりしっかりと、様子がうかがえた。体力づくりの一環なのかもしれないが、涼を求めたただの水浴びにも見えた。半袖焼けをした、引き締まった体の男子たちが無秩序に散らばって、それぞれ水を掛け合ったり、自由に泳ぎ回ったりしていた。プールサイドで、ただ肌を焼いているグループもあった。講習を受けている三年生を気遣って、はしゃいだ声は努力して抑えているようだったが、ぱしゃぱしゃと上がる水しぶきの音が、遠くの海の波音のようにこの教室まで届いていた。若いサッカー部の顧問は、ちらちらとプールを監視しながら、プールサイドに持ち込んだ机で作業をしていた。小テストの採点でもしている様子だった。

いつもプールを占領している水泳部の練習は休みのようだった。肩幅の広い水泳部員たちが必死の形相で息継ぎをしながらただただ前へと進んでいるプールと、サッカー部員たちが遊びまわっているプールは、まったく別の場所に見えた。

「成田君は、ほらあそこ。潜ってて……今、顔あげた」

晴香は片思いする彼の姿を、二十人ほどいる似たり寄ったりの男子たちの中から、すでに見つけ出していた。

「でも、なんで女子マネージャーも一緒にプールに入ってるのかな。マネージャーなら黙って見守っておいてほしいよね」

最初、プールを凝視しながら晴香は、憧れの人と同じ水につかる女子たちに嫉妬していた。

「ほらやっぱり、見てる見てる。あのマネージャー、成田君の二の腕見てる」

　わたしは成田君を観察した。全体的にがっしりとした体つきで首が太い。上半身のほうがたくましく、肩と胸部にはちょうど良い筋肉が付いているのがこの距離から見ても分かった。

　あの人のは、全然違った。

「あのこと」がふいに、よみがえろうとしていた。一年前の静かな夏の夜に強く引き戻されそうになって、思わず頭を振った。

　わたしのかすかな異変に晴香はまったく気がついていなかった。

「ちょっと写真、撮っちゃおうかな」

　いつのまにかスマートフォンを持ち出してきて、成田君の裸体を半永久的に保存するほうへと気持ちを切り替えていた。晴香の得意技の「かわいらしい盗撮」だった。体育祭でパン食い競争に励む成田君。他校との練習試合で部伝統の踊りを舞って応援する成田君。言葉を交わしたことのない成田君のさまざまな姿が、晴香の手の中の端末には保存されている。

　晴香はこちらを見ずに「大丈夫。おじさんが女子高生のスカートの中を撮影するのとはわけが違うんだから。こっちはただの、かわいらしい盗撮」と自分に言い聞かせるようにして、熱心に電子のシャッター音を鳴らし続けた。

　ひときわ大きく水面を打つ音がして目をやると、三人いる女子マネージャーのひとりが、端のコースでクロールを始めていた。スピードは速くないが、誰かに手ほどきを受けたと分かる滑らかな泳ぎだった。男子部員が水遊びに興じる中、その人は黙々と泳いだ。あまり息継ぎもしていないように見えた。一度も止まることなく二十五メートルを三往復し終わると、一度潜った。数秒ののち、水面から勢いよく飛び出すと、耳に入った水を抜く動作をしてプールサイドに座った。髪ゴムを外すと、濡れて重くなった長い髪が肩甲骨のあたりまで落ちた。学校指定の紺色の地味なスクール水着を着用し、両脚もはっきりと見えているその人が、人魚みたいに見えた。この人も、人魚だ。

「ねえ、あの人、人魚みたいな泳ぎだったね。すごくきれいなフォームで」

と晴香が言った。頭の中を覗かれたような気がして驚いた。

「わたしも同じこと、思ってた」と答える。

「そういえば胸が小さい人魚って、いると思う？　わたしはいない気がするんだけど」

　晴香は盗撮に戻りながら、そう言った。

「何？　突然」

「小さいころに読んだ絵本の挿絵の人魚姫、胸が大きかったんだ。谷間がちゃんと描いてあって。人魚姫の家族や友だちも、みんなそうだった。だから子どものころ、それを見るたびに、大人になったらわたしのもこうなるんだって、当たり前のように思ってたんだけど」

　言われてみれば、わたしのイメージの中の人魚たちも、そこを貝殻で大事そうに覆っている。ある程度の大きさがなければ、貝殻もフィットしないだろう。

「晴香の言う通りかもしれない」

クロールのマネージャーにも、しっかりと胸があった。水着の布地で押さえられているはずなのに、立体的な形を失わずにいた。確固とした完成形に見えて、誰かの手で触れられたら、簡単に形を変える柔らかさを秘めている胸。

「その点に関しても、あの人は人魚向きだと思うの」

晴香はそう太鼓判を押した。その人の座った両隣に、残りの二人のマネージャーが並んで座った。二人とも、クロールのマネージャーには負けていたが、それぞれに確かな胸のふくらみがあった。

「ねぇ、みんな大きいよ。どうして三人とも揃いも揃って。グラビアアイドルみたい」

と、わたしは言った。

「あれくらいで大きいって言えるかな。グラビアアイドルって、もっとすごいはずだよ。それでお金を稼ぐくらいなんだからさ。なれないよ、あれくらいじゃ。人魚にだってなれない」

晴香はほか二人についても認めなかった。あれくらい、と言える晴香がうらやましかった。

「そうかな」

「そうだよ。あれくらいが平均じゃないかな」

わたしはこっそり両脇を締めて下を向き、毎日見ている自分の胸をセーラー服の隙間から確かめてみた。あの女子マネージャーたちのようなふくらみは、やはり見当たらなかった。これじゃあ人魚になれない。あの人みたいにもなれない。貝殻と胸に大きな隙間ができて、水流でひらひら浮いてしまって優雅になんて泳げない。海の底。無音。夜。夏。また「あのこと」が浮かぶ。

自分の胸の平たさを思い知るときはいつもそうだ。わずかな部分まで奇妙に鮮明に広がる。きょうこそ晴香には話してしまおうか、と思う。わたしひとりだけが抱えていたら、きっと、これはもっと——。

無言が続いていたわたしのほうを、晴香は振り返った。

「でもわたしたちはまだ一応、十七歳だし、これから育つ人もいると思うよ」

励まそうとしてくれたんだろうか、明るくそう言って、また撮影に戻った。

わたしは出かかっていた言葉を飲み込んで、スマートフォンをカバンから取り出した。それから、女子マネージャーたちにピントを合わせてズームアップした。「あのこと」を打ち消すような、もっと悪いことをしたかった。だから胸元を中心に、撮った。彼女たちは身を寄せてふざけ合い始めた。左側に座ったマネージャーの肩が、クロールが美しかったマネージャーの胸を押した。わずかに形を変えた胸もしっかりと捉えたかったが、ズーム機能が追い付かず粗い画質になった。

人魚やグラビアアイドル並みになれなくたっていいので、せめて女子マネージャー並みの大きさになりますように。きょう撮った写真を見ながら、毎夜祈ろうと思った。本当はもう、スマートフォンのメモリーの中には、同じ歳のアイドルの水着の画像が何枚も保存してあって、わたしはそれをお守りにしていた。でも、いつも見ている高校のプール。同じ学年の、名前は知らないけれど見たことのある女子。学校指定のスクール水着。これほど身近な風景の写真でお祈りしたら、もっと効果が出る気がした。

この胸はどうやって育ったのだろう。サッカー部のマネージャーになったら大きくなるのだろうか。もしくは、食生活だろうか。遺伝だろうか。運なのだろうか。思いを巡らせて、晴香にならって連写機能で撮った。

わたしはほとんど、胸の成長を感じたことがない。

早い子がスポーツ用の簡易的なブラジャーを着け始めたのは、小学四年生のときだったと思う。夏になると体育着から透けて見えた。六年生になったとき、わたしにも母からそれが贈られた。真っ白な綿素材だった。恥ずかしさとうれしさとを隠しながら受け取って、お風呂上がりにこっそりと身に着けてみると、ただの丈が短いタンクトップみたいだった。ささやかな受け皿がサポートすべきものが、わたしにはまだ何もなかったからだ。今のところ必要のない代物だということが分かって、クローゼットの奥に丸めて隠した。

それから少し経っても一向に育ち始める気配がない胸が不安になって、母の下着が収納されているタンスの引き出しをこっそりと開いたことがあった。家にひとりになったすきを狙った。

夏休みで、日が沈んでしまったすぐ後の、夜になる寸前の薄い青の部屋だった。タグに「C」と書かれたそれを、大事に一枚取り出した。ワイヤーやパッドというパーツがある大人用を付けてみたら何かが違うかもしれないと思ったのだった。母が使っている鏡台の前で裸になり、慣れない背中のホックを何とか留めた。しかし、胸をうけとめるはずの器にはやはり、隙間がたっぷりとあった。その頃のわたしのこぶし一つがちょうど入りきってしまうほどの、大きな大きな空間だった。

　薄暗い鏡に、自分がありのままに映っていた。貧相で不格好で女性らしさのかけらもなかった。引きはがすように外した。元通りに仕舞おうとしているとき、引き出しの一番奥に、一層古びた一枚を見つけた。こちらにじっと視線を送るようにしていたそれを、優しく外へ出した。色もレースのデザインも古臭く、ほかの下着たちに押しつぶされて、ぺちゃんこになっていた。もう何年も表に出されていないように見えた。そっとタグをめくると「Ａ」とあった。

　わたしはその一枚を小さな胸に抱いて、静かに歓喜した。そうか、わたしの母は昔、たぶんわたしが生まれるよりも前の頃には「Ａ」だったのだ。でも今は違う。わたしだって今は平たい板のようだけれど、これからもっと色んなものを見たり知ったり、誰かを好きになって、いつかその人からも愛されて子どもを産んだりしているうちに、ふくらむかもしれない。そう思ったのだ。わたしはそのときに嗅いだ、ミルクティーに似たほのかに甘い母の下着の香りを忘れていない。それは希望の香りとして、わたしの奥深くに隠してある。

　それ以来、育たない胸のことを深刻に悩んだりすることはなかった。なかったのに。「あのこと」が、わたしを変えてしまったのだ。

　女子マネージャーの胸を撮影しながら、ミルクティーの香りを思って、わたしは思いっきり深呼吸をした。晴香に勘違いされるとやっかいなので、成田君を撮るふりをして「いいのが撮れたら、あとで送ってあげるね」と言った。

指揮棒を振る顧問が不在だったため合奏はなかった。暑さを理由に、ほぼ吹かないうちに練習時間を終えてしまい、罪悪感が残った。サッカー部もプールから引き揚げていた。

　もう三年生の特別講習も終わっている時間だった。地学室で練習をしてから帰ろうと思っていたが、帰り支度をしている晴香が「プールに寄ってみようよ」と提案してきた。成田君がつかったプールの水を触って帰りたいのだと、少し恥ずかしそうに言った。これまでも数々の「かわいらしい盗撮」に加担してきたのだから、今日も責任を持って付き合うことにした。

　途中、一年A組の前の廊下を通った時、小田君だけがまだ練習しているのが見えた。他のトランペットのメンバーは楽器を片付け始めていた。

　プールは学校が持つ大きな畑の隣にあった。クラスごとにきゅうりやら、トマトやら、好きな野菜を植えていて、出入り口になる校舎沿い以外の三方を、ずらりと背の高いひまわりが囲っていた。花を向けるべき太陽が沈もうとしていて、ひまわりは眠そうに見えた。小さな虫が塊になって漂っていたので、わたしたちは腕を大きく顔の前で振り回しながら畑の脇を進まなくてはならなかった。プールの出入り口のフェンスには一応、おもちゃみたいに大きな鍵がぶら下がっていたけれど、晴香が金網の間から指を二本入れていじると、ほんの少し手間取っただけで開いた。

「不用心だね」「うん、すごく」と小声で笑いあった。

　プールに空の色がこんなに映るということを、わたしは初めて知った。水面は葉っぱや虫が浮かんで、昼間に四階から眺めていたときほどきれいではなかったけれど、揺れる二人の影がそこに並ぶと、空を歩いているみたいにも見えた。

プールサイドの湿り気はすっかり乾いていた。女子マネージャーたちが腰をかけていたあたりまで歩き、しゃがんだ晴香が黄金色のプールに右手をくぐらせた。

「生温かいよ」

わたしはスカートをまくり上げて腰をかけ、裸足のつま先を入れた。

「ほんとだ」

塩素の香りをいっぱいに吸い込みながら、わたしたちはなんて清潔な女子高生なんだろうと思った。脚がきれいで彼氏ができたことのない晴香。胸がなくて彼氏ができたことのないわたし。

「わたしも下手なオーボエなんて続けていないで、サッカー部のマネージャーになればよかったのかな」

晴香も靴下を脱ぐと、成田君の全身に触れていた水を足先で大事そうに攪拌《かくはん》しながら言った。

「でもわたし、水着になる勇気はないな。胸とか脚とか成田君に見られたくないよ」

「晴香はきれいだよ。たぶん、胸もわたしの倍くらい」

「そんなにないよ。そういえば、心臓のあるほうのが、誰でもちょっと大きいんだって」

晴香は言いながら、自らの左胸に左の手のひらをかぶせた。続けて「ちょっと失礼します」とわたしに軽く許可をとってから、その手のひらの形を保ったまま、わたしの左胸にふんわり乗せた。他人の手で触れられるのは初めてだった。けれど、特別な感覚はやってこなかった。今のところ、わたしにとっては背中や首を触られることと、何ら変わりはなかった。特別な部位といえるまで発達していないのだから当然だった。

手を離した晴香はちょっとだけ考えてから「二人とも、大体同じ。サッカー部のマネージャーにはなれないし、人魚にもなれないくらいの大きさ」と笑ったので、わたしも笑った。

晴香のを触らせてほしいとは言い出せなかった。

トランペットの高音と、名前は思い出せないけれど夕方だけに鳴く蝉の声が聞こえていた。

「ねぇ、晴香はどうして成田君を好きになったんだっけ」

人が人を好きになる理由を、ちゃんと知りたい。そうしたら、人が人を好きじゃなくなる理由も思いつくかもしれない、と思って聞いた。

「前も言ったかもしれないけど、去年の九月の終わりくらいかな。放課後の廊下で、成田君が他のサッカー部員たちと、廊下で焼きプリンを食べてたの。笑い声あげながら。購買でいつも売ってる、よくある焼きプリンで、全員がそれを手に持って小さなスプーンですくって食べてた。それを見かけたときかな。成田君が好きだなって思った」

「それだけ？　成田君以外の男子もいたんだよね」

「うん」

「その焼きプリンが晴香の大好物で、同じものが好きなんだと思ったとか、そういう理由みたいなものは」

「とくにないよ」と、晴香は当たり前のように答えた。

それだけのことで、半年以上も成田君のことを好きなままでいるのだ。

「不思議だね」

「ほんとうに不思議だよ」

お互いに水面を見ながら言い合った。二人とも、不思議としか表現できなかった。もっと年を重ねたら、もっと難しい言葉を覚えたら、ちゃんと説明できるようになるのだろうか。それとも、しっかりと言葉で説明できるような理由でしか、人を好きになることがなくなるんだろうか。

「わたしはね」と打ち明けそうになった。わたしはね、わたしが好きだって気づいたのは。

思いとどまって、「来年は二人そろってコンクールに出よう」とだけ言った。晴香は自分のことはあけっぴろげに語るのに、わたしの恋愛事情については無理やり聞き出そうとしない。

「オーボエが二人の編成でもいいかなって、先生に思わせよう」と続けると、

「そうだね、サッカー部のマネージャーになるよりは、いける気がする」

晴香はまた笑ってもう一度手を水にくぐらせ、手首を振って水を弾いた。わたしの頬にも水滴は飛んだ。


スマートフォンを落としたのは、おそらくそのときだ。夕暮れのプールで青春気分に浸っている場合ではなかった。プールサイドに座ったとき、スカートのポケットからすべり落ちたのだろう。

プールを出たあと、高校の近くに唯一あるコンビニに寄り道をした。晴香と男性向けの週刊誌を立ち読みしながら、グラビアアイドルになれる胸の大きさについて、一通り話し合ったのだった。そのあとで焼きプリンを一つ買って、コンビニの窓際にある飲食スペースで分け合って食べ

た。この間は一度もスマートフォンを手にしなかったような気がする。

いつもより遅く家に着き、晩御飯を食べたあとでやっと、それがないことに気がついた。お風呂の中に持ちこんで、アリバイとして撮っていた成田君の写真を晴香に送ろうと思ったのだが、カバンを何度ひっくり返しても見当たらないのだ。

あしたの午前中にはきっと、まじめな水泳部員たちがプールを使うだろう。水泳部員に拾われたら、と想像すると怖くなった。

ロックはかけてある。けれど、スクール水着の豊かな胸元を盗撮した写真が何枚も保存された端末を誰かの手に拾い上げられ、「これ誰のですか」と何度も呼びかけられ、プールサイドで高く掲げられ、左右に大きく振られたりすることを想像するだけで、顔が熱くなった。

もしかしたら水泳部にも小田君のような人がいて、朝早くからひとりで練習を始めるかもしれないし、掃除当番の一年生部員が張り切ってものすごく早く登校するかもしれない。そう思うと、今夜のうちに行かずにはいられなかった。晴香を誘って付いてきてもらいたかったけれど、スマートフォンがなければ連絡もできなかった。教室の明かりが消えるまで後わずかだった。

少しでも怪しまれないように、制服に着替えて通学カバンを背負った。家族に告げるとややこしくなると思ったから、玄関のドアを静かに開き、こっそりと家を出た。

外にはまだ昼間の湿っぽい熱が残っていた。片側が森になった街灯の少ない抜け道を、自転車のライトで照らして、猛スピードで高校に向かった。車輪が小石をなんどもはね飛ばした。途中で仲良く手をつないでやたらとゆっくり歩く中学生カップルを追い越したり、小さな虫を数匹飲み込んでしまったりしたが、気にしていられなかった。帰り際に寄った明るいコンビニを通り過ぎながら、あの時に気がついていればと悔やんだ。息が切れてもスピードは緩めなかった。着いた頃には教室の照明はすべて落ちていた。職員玄関はまだ開いていて、オレンジ色の明かりが漏れていたが、そこから堂々と校内に入ってプールに向かうのは気が引けた畑のほうから攻めることにして、うなだれたひまわりをかき分けた。夕方に忍び込んだのと同じルートで、プールへたどり着く。鍵は簡単に開いた。夕方に忍び込んだ後、入ったときと同じように不完全な締め方をしてきたのだ。

探し物は思っていた通り、わたしと晴香が裸足になった場所――昼間に女子マネージャーが座っていた場所――に落ちていた。暗いプールサイドで、光った画面が場所を知らせていた。拾い上げて画面に触れる。誰にも操作された形跡はなかったことに安心した。やはり今夜のうちに来て正解だった。

急いだせいでまだ胸が苦しく、その場に座り込んだ。昼間よりだいぶ涼しいとはいえ、脚まで汗ばんで熱をもっていた。我慢できず、裸足になってプールに両脚を浸す。少し落ち着くと、無音だと思っていた辺りいっぱいに、カエルや虫の鳴き声が広がっているのに気づいた。

手のひらの画面の明かりは半径数メートルを照らして、わたしの脚から広がっている水面の輪を光らせた。届いていたメッセージは、晴香からだった。成田君の半裸画像が次々添付されてくる。正面から、背後から、横から。限界までズームアップして撮られたため画像はかなり粗いけれど、被写体への愛みたいなものは詰まっていた。

続けて、動く大きなハートも連投されてきた。晴香は、ハートやピンク色やリボンや、かわいいものを躊躇なく使うことができる。自分には似合わないから、と敬遠してしまうわたしとは違う。そういう素直さを、きれいな脚と同じように、うらやましいと感じた。

画像フォルダを開いて、自分で撮影した女子マネージャーの写真を見た。水に濡れた生地に、ぴったりと包まれた体。同じ性のはずなのに、わたしにはない魅力ではちきれそうな体。グラビアアイドルのように修正されていなくても、ちゃんと美しかった。

晴香がくれた成田君の写真と、人魚のような女子マネージャーの写真を交互に何度も見ながら、昼間に晴香の隣で抑えつけた「あのこと」が、わたしの奥でまた騒ぎ出す。

小田君の上半身と、綾子先輩の豊かな胸のこと。

*

部員の中で最後まで学校に残るのは、練習熱心なその二人だった。だから、その日の最後にパート練習の教室を見回る役割に小田君と綾子先輩が交互についた。音楽室の黒板には毎日、合奏の開始時間に加えて、その日の見回り当番の名前も顧問によって書かれた。自主練習は二十一時を目安に撤収と決まっていて、二十一時半には強制的に照明が落とされる。その後、真っ暗になった校舎を小田君と綾子先輩は懐中電灯を手に、残っている生徒がいないかどうか、机や黒板が元通りになっているか、確認をして回るのだ。

最初は黒板に書かれた当番通りに交互に見回っていたが、段々と二人で行うことも増えていった。そのあたりから「付き合い始めたらしい」と噂が立った。

やがて、二人は誰もいなくなった校舎で「色々なこと」をしていると、まことしやかに言われた。眠る楽器や楽譜に囲まれた楽器庫で、音が漏れない合奏室で、トランペットのパート部屋である一年A組で。「聞いてはいけないような声を聞いた」とか、「教壇の下にガタガタと隠れていく影を見た」とか、二人の行為はこっそり語り継がれていった。まるで怪談のような形で。

わたしにとっては、二人の行為は怪談ではなく、この目で見た現実だった。

誰にも言えなかったけれど、わたしははっきりと見たのだ。去年の夏。コンクールの地区予選を勝ち抜いた後で、県大会が間近だった。小田君は一年生では唯一、コンクールメンバーに選ばれていた。オーボエからは二つ上の先輩だけが選ばれていたのでわたしと晴香は表面的には気楽に過ごしていたが、わたしはその夏で晴香を追い抜こうとしていた。人数編成から考えて、来年のコンクールに出られるのはどちらかひとりだけだろうと思っていたから。毎日、通常の練習が終わると、地学室にこもった。

その日は晴香のドーナツ店に寄り道して帰ろうという誘いを断って、時計を見ないほど運指の練習に没頭していた。時刻きっかりに明かりが落とされて、地学室も真っ暗になってしまった。

正式な練習場所ではないから、地学室までは見回り係が来ない。楽器を片付けるために、月明かりを求めて窓際へ移動すると、プールが視界に入った。一年G組からよりも、ずっと近くに見える。身を乗り出さなくても、月やそばの街灯を反射して、水面はぼんやり明るく揺れていた。

並んだシャワーの裏のあたりに、二つの人影があることに気がついた。人目を避けるように注意深く場所を選んでいるようだった。各パートの練習部屋がある学年教室棟の窓からは、死角になる位置だった。じっと目を凝らすと、それは小田君と綾子先輩だった。見てはいけない、と反射的に思う。同時になぜか、見なければいけないとも思った。わたしは向かい合う二人を横から見る形で、その姿に見入った。

　小田君の白い半袖シャツは夜の青い色に染まって、上から下まですべてのボタンが外れていた。隙間からは、胸から腹にかけてがのぞいていた。細くて薄い胴体だった。けれど、あの中には遠くまで音を飛ばすための空気をたっぷり取り入れられる肺があって、その空気を支えながら押し出せるちょうどよい腹筋があるのだと思うと、たまらなくその感触を知りたくなった。

　触れたい、と思ったときに、綾子先輩の手のひらがそこへ触れた。あそこにいるのは、わたしの分身かもしれない。そう思うくらいぴったりのタイミングだった。もうひとりの自分が欲望に従って触れたい場所に触れていくのを、遠くから眺めているみたいだった。けれど、その錯覚はすぐに覚めた。感情がついていかないのだ。分身が小田君の身体に触れているのなら、わたしは幸せなはずなのに、少しずつ少しずつ、苦しくなった。息継ぎが上手くできないまま、細かく長い旋律を何百の人に見られながらひとりで吹いているような苦しさだった。

　幼いころに海で溺れたときの感覚にも、よく似ていた。口と鼻を塞ぐ海水を、避けようとするほど波に飲まれていく。水面で醜くもがくわたしに気づかない小田君と綾子先輩が、深い海の底にいるみたいに見えた。青い闇の奥の姿は、波や差し込むわずかな光の加減ではっきりとしたり、滲んで消えそうになったりするように、不安定にわたしの目に映った。

小田君は、綾子先輩の両手を取って上げさせた。夏服を、大事な贈り物のリボンをほどいていくように、ゆっくりと脱がせていった。綾子先輩は自ら下着のホックを外して、小田君にそれを差し出した。あの女子マネージャーの誰よりも、すてきだった。大きさだけじゃない。形も、色も、先端も、佇まいも。今となっては本当にそこまで細かく見えていたのか疑わしいのだけれど、綾子先輩の胸は、とにかく隅々まで完璧なものとしてわたしの記憶に刻まれた。小田君によって形を変えられると、さらに神々しいものになった。二人はわたしと同じ人間ではないみたいだった。綾子先輩は海の底でも呼吸ができる美しい人魚姫。小田君は人魚姫に魅せられて陸での生活を捨てた王子。そうでも思わなければ納得できない美しさだった。その世界に、わたしの声は届かなくてもしょうがない。

なめらかに続く動作から視線を外せなかった。映画でしか目にしたことのない行為が、数メートル先で行われていた。綾子先輩のポニーテールが、生きているように揺れた。

わたしは心底うらやましく思った。綾子先輩が小田君の音とよく絡む音でトランペットを演奏できるのは、この美しい胸で息を吸い込むからなのだ。きっと小田君は、綾子先輩のあの音で彼女を尊敬して、恋をした。暗くなったらこうやって、限りなく一つに近づく。二人の音楽も一つになっていける。とても自然な流れだと思った。

暗闇の中で体全部が心臓になったように、鼓動が大きく速かった。今見てしまっているものはきっと、どんなに洗っても絶対に消えない血の匂いのような記憶になる。そのことを想像するのは、とても怖かった。

ほとんどずっと、綾子先輩の胸ばかり見ていた。

おとぎ話の人魚姫は、自慢の声と引き換えに人間の脚を魔女から得た。わたしはあの胸を得られるとしたら、何を差し出すだろうか。何も思いつかない。代わりに差し出せるような価値のある何かさえ、わたしは持っていない。

すべてが終わるまで、動けなかった。

二人だけが演奏できる音楽の秘密を知ったあの後、どうやって楽器庫までオーボエを運び、どのようにして家まで帰ったのかは覚えていない。風呂場で自分の胸を見ないようにして体を洗ったことだけは覚えている。夜中に一度目を覚ました時に声を出さないで泣いて、小田君のことを好きだったのだと、薄いタオルケットの中で知った。

翌日は、小田君が見回りの当番のはずだった。わたしは地学室へは向かわず、一年G組に残った。晴香を先に帰し、照明が落とされるまで練習を続け、どうか今日は綾子先輩と一緒でありませんようにと、小田君ひとりが見回りにやってくることを願った。周囲から音も光も消えて少し経った後、ひとり分の足音と懐中電灯の明かりが近づいてくるのが分かった。

「まだ残ってたんだ。珍しいね」

小田君はわたしの手元に懐中電灯を向けながら言った。

「わたし、いつもは地学室で残って練習してるんだ」

前の日の夜には、わたしと違う世界にいた彼が目の前にいる。言葉を交わしていることが、不思議に思えた。

「きのうもこの時間まで、地学室にいた」

「そうなんだ」

わたしは、楽器をケースに仕舞う手を止めて、言った。

「小田君、地学室からはプールがよく見えるんだ」

こんな意地の悪い声が自分から出るのだと、寒気を感じた。

「プール？」

「うん、シャワー台の陰まで」

小田くんは何も言わないで窓の方へ歩いて、外を見た。

「きのうか」

そのままつぶやいて、プールのほうを見た。

「ごめん」

小田君はなぜか謝った。懐中電灯は窓に向けられたまま机に置かれたので、表情は見えなかった。

わたしは「違う」と思った。謝らせたかったわけではなかった。でも、だとしたら、小田君に何と言ってほしくて彼を待っていたんだろう。

見てしまったことを伝えたのは、間違いだったとすぐ分かった。わたしの胸の中にだけ仕舞っておくべき記憶だったのだ。一度出した音は、なかったことにできない。顧問がいつも言うとおりだった。

「ごめん違うの」

言いかけた瞬間、小田君は「忘れ物はしないようにしてね」といつものトーンで言って、教室を出ていった。階段を素早く下りていく靴音が響いて消えた。

*

変わらない態度で毎日を過ごす綾子先輩の様子からは、わたしが見たことを小田君は綾子先輩に伝えていないように思えた。

小田君とはそれ以来、会話をしていない。とても器用に、避けられていた。もともとクラスも離れていて親密に話すような仲ではなかったから、怪しむ部員は誰もいなかった。自分が嫌われてしまったのだということは理解できた。あんなことを突然言われたら、たしかに気味が悪いだろう。もう一度謝りたかったけれど、何をどう謝ればいいのかまとまらないうちに時間が過ぎた。

地学室での練習は、プールが目に入らないように、カーテンを閉じて続けた。ほかの教室とは違って、地学室のカーテンは黒い遮光カーテンだったので、閉じてしまうと中はだいぶ暗くなった。その中で、自分の音にだけ集中するように努めた。坂野先生だけが、わたしの変化に気づいた。一度、

「どうしていつもカーテンを閉めるようになったの？」

と心配そうな顔で聞かれた。

「音を布に吸わせて、響かせないためです。響くと、うまく聞こえちゃうから。自己満足に陥らないようにしなくちゃいけないんです」

それらしく答えると数日後、先生は四角いプラスチックケースをスカートのポケットから取り出して、キャンディーのときのようにさりげなく、わたしの手に握らせた。明らかに食べ物ではない感触に恐る恐る手のひらを開いてみると、小さなケースの中にはアンモナイトの化石標本があった。ひとつのアンモナイトが半分にカットされ、ペアで並べられていた。ぴったりと合わさるはずの、対になった複雑な断面が見えた。詳しい理由は知らなくても、励まそうとしてくれたのかもしれなかった。先生は、何も言わないでただほほえんでいた。わたしはそれをお守りにして、カバンにいつも入れた。

会話ができなくても、思いは一度生まれたらなかなか消えないものらしい。

わたしは気づかれないように、よく小田君を見ていた。目が合わないように気をつけていたので、小田君がこちらに視線を動かしそうになったときには、合奏でもそれ以外でも小田君の隣が定位置の綾子先輩のほうを見てしまった。合奏中に楽譜に書き込みをする鉛筆を小田君が落としたとき、綾子先輩が拾って、小田君は目線だけでありがとうと言った。今年のコンクール本番直前の薄暗い舞台袖で、いつもより力が入ってしまっている小田君の背中に、綾子先輩がそっと手を触れたのだって気づいた。綾子先輩の行動ひとつひとつを通して、わたしは小田君が好きだと思った。二人は、わたしが入っていくことのできない、海の底の人。綾子先輩は、どう頑張っても追いつくことのできない美しい人魚。苦しくなったら、そう唱えた。

　わたしは何度も、空想の中で綾子先輩の胸を持ったわたしになった。小田君はそこに触れた。小田君のトランペットとわたしのオーボエは、金管と木管の垣根を越えてすてきな音楽を奏でた。

　話したこともない成田君に熱を上げる晴香を近くで見ていると、自分の小田君への思いは汚れたものに思えてしまって、その気持ちは誰にも打ち明けられなかった。それでも「あのこと」は、晴香に言ってしまいたかった。綾子先輩の胸を見て小田君を好きだと気がつくなんてやっぱりおかしいのかな、見たことを小田君に言うべきじゃなかったって分かっているの、わたしの胸はもう先輩のように大きくはならないのかな、そう聞いてみたかった。晴香は明るく、笑い飛ばしてほしかった。

　合宿の夜や、二人で楽器を片付けているふとした瞬間、あの光景を思い出す度に何度も打ち明けそうになっては留まった。そういうときは代わりにいつも、坂野先生からもらったアンモナイトのことを話した。断面がぴったりと合わさる唯一のペア同士のまま、ずっと小さなパッケージの中でいっしょにいられるアンモナイトのことを。晴香もわたしも、いつか誰かとそうなれたらいいねと。同じことを繰り返して話すので、晴香はわたしをロマンチストだと言った。

　脚の熱はだいぶ引いていた。水面を蹴って水しぶきを飛ばしてみると、涼しげな音がした。目が慣れて、最初よりずっと辺りがよく見えるようになっていた。夕方とは違ってすべてが青くて、ここがあの夜に二人がいた海の底になっていることに気づいた。

プールから脚を引き抜いて、シャワーの陰のほうへ歩いた。綾子先輩の胸が青白く輝いた場所まで、濡れた足跡をつける。一年経ってわたしは、あのときの綾子先輩と同じ歳になっていた。

ここでわたしの胸はどんなふうに見えるのだろう。どうしても、知りたくなった。

たったひとりで誰の目も届かない遠いところまで来たつもりになっていたから、躊躇はなかった。制服を脱いで、着けている意味がほとんどない下着も、そっと外した。温かい汗を吸ったそれは、小学四年生の頃に見つけた母の下着と同じ、ミルクティーの香りがわずかにした。

裸の胸に生暖かい風が直接触れ、先端は怯えた。それ以外は、いつもと同じだった。夜に浮かび上がったわたしの胸は、一年前に綾子先輩を照らしたのと同じ明かりを浴びても、平たくて貧しいままだった。この一年、下着のサイズが変わることもなければ、隙間が埋まることもなかった。ただ一つ年を取っただけだった。幼い夏の夕方に、家の鏡台で見た胸とも、ほとんど変わっていないのかもしれなかった。貧相で不格好で全然、すてきじゃない。

わたしはやっぱり人魚になれない。

あふれて胸に落ちた涙は、留まるふくらみがないから、そのまま滑らかに床のタイルまで落ちていって、ぽたりと音をたてた。

わたしは一体何をしているんだろう。不規則な間隔で落ちていく涙の粒をただ見ていると、突然、校舎からトランペットの一音が聞こえて消えた。チューニングの音だろうか、小田君の音だとわたしには分かった。プールサイドに一気に光が差し込んだようで、下着を身に着けるより先にセーラー服を頭から被った。

静けさが戻った。息を殺してじっとしているしかなかった。小田君に見られていたかもしれないと思うと、恥ずかしさよりずっと早く悲しさを感じた。綾子先輩の胸を知っている彼には、わたしの胸を見たところで何の感情も生まれない。綾子先輩にしたことを、この胸にもしたいなんてきっと思わない。

そのときだった。小田君らしくない、支えがなくて震える音の演奏が上から降ってきた。この夜の色にぴったりの、どこかで聴いたことのある曲だったが、題名は分からなかった。暗い曲調ではない。でもここにいない人の名前を呼んでいるような長い音符が、時々かすれたり、途切れたりした。

続けて、はっきりと聞き覚えのある曲に変わった。今年のコンクールの課題曲だった。小田君は自分のパートを、楽譜の一枚目、一小節目からたどっていた。休符の部分も飛ばさずに、その間は沈黙した。一曲をそのまま吹こうとしているようだった。やがて本番で失敗したファンファーレに差し掛かる。響きが緊張していくのが分かって、わたしは呼吸をいったん止めて祈った。でも小田君は、同じところでまた音を外した。

一度出してしまった音は、どうやったって、なかったことにできない。演奏は止まらなかった。ただ前に進んでいく。最後の小節の、最後の音符。余韻が長く残った。

わたしはいつも、気づくのが遅い。

視界の隅で見続けてきた、楽器を構え続ける彼の姿が何通りも浮かんだ。コンクールでの失敗は、どうやったって消せない。綾子先輩との恋は、どうやったって戻ってこない。小田君はそれをちゃんと知っている。受け止めようとしているのだと、この演奏を聞いてやっと今さら、気づいてしまった。先輩への未練だけじゃない。陰で部員にどう言われたって小田君は、納得するまでこの曲を練習するのだろう。どうしても手に入らないはずの脚にこだわって、宝物の声と引き換えにした人魚とは違う。

だったらわたしが、綾子先輩のような胸を手に入れられないわたしができることは、何なのだろう。今分かるのはひとつだけだった。オーボエを吹くときのように思いっきりお腹に息を吸い込んで、小田君の名前を呼んだ。

静まり返った校舎に、思っていたよりも声は響いた。耳の奥で小さく汽笛が鳴るような無音が続いた。小田君の気配は薄れていったように感じた。声は届かなかったのかもしれないと思ったとき、窓が開く音がした。地学室だった。わたしが二人を見てしまった窓だ。束ねられていない真黒な遮光カーテンが外になびいていた。

「何してるの」

身を乗り出してこちらを見下ろした小田君が訝しむように言って、懐中電灯でわたしを照らした。よかった。わたしのささやかな胸はたぶん見られていない。一筋の明かりを浴びながら窓の方を見上げて、わたしはまぶしさを感じながら思いっきり拍手をした。

「とっても、とってもいい演奏だった」

恥ずかしいくらいにつまらない感想しか言えない。でも今はとにかく伝えたいと思った。わたしも小田君みたいに、どうしようもないことを抱えたまま進んでみたかった。

「わたしは、小田君の音がとても好き」

彼は何も言わず、懐中電灯を切った。そのまま行ってしまうかと思ったが、暗闇の中でもう一度楽器を構えたようだった。よく磨かれたトランペットが一度反射した。小田君はたっぷりと間を置いた後で、高音を響かせた。あのファンファーレだった。

高く澄んだ音が、夏の夜を飛んだ。今度は、ひとつの傷もない音だった。校舎中を一瞬で一巡りして、最後にプールの水を少し震わせたのが、わたしの目には見えた気がした。音は花火みたいにあたりを照らしてから、少しずつ消えていった。

完璧な演奏だった。

その余韻を奪うのはためらわれて、息さえ止めてじっとするしかできなかった。暗い窓の奥で小田君は笑ったような気がしたけれど、吹き終えるとすぐに姿を消して　遮光カーテンも地学室の中に元通りに収められた。小田君は、音だけで何かを言ったのだと思った。たぶんわたしを優しく立ち上がらせるような何か。ファンファーレがわたしの体の中を突き抜けて、今までより深く息が吸えるようになった気がした。重たい海水の中から、船の上へと抱えあげられたみたいに。

スマートフォンが光って、新しいメッセージの到着を伝えた。晴香からだった。

「これ、コペンハーゲンにある人魚姫の銅像だって。胸、思ったより小さかった。以上」

続けて届いた画像には、猫背で痩せぎみの人魚が岩場に腰かけている銅像が写っていた。胸は確かに豊かではなく、上の部分が削げた感じで、しかも左右が離れていた。その画像を保存する。

代わりに、グラビアアイドルと女子マネージャーの写真を消去した。

　明日、小田君に会ったらちゃんと目を見て、話しかけよう。どんな言葉を最初にかけたらいいのかは、まだ分からない。伝わるかもしれないし、伝わらないかもしれない。もしかしたらまた避けられるかもしれない。でも、小田君もわたしと同じ場所で生きている高校生で、ここは海の底ではない。

　平たい胸の間や、右のふくらはぎの一部が強烈に痒く、熱を持っていた。知らないうちに何か所も蚊に刺されていた。足元に落ちたままだった小さな下着を拾った。また少し、プールの水で自分を冷やしてから帰ろうと決めた。明日からは小田君に向き合って、たくさん息を吸い込んで、そして吐いて、もっともっとオーボエを吹くのだ。暑さに負けず、育たない胸にも負けないで。

初出『小説推理』

「EあるいはF」　二〇二二年一〇月号
「ブラ氏の告白」　二〇二二年八月号（「ブラ男の告白」を改題）
「授乳室荒らしの夢」　二〇二二年九月号
「胸は育たない」　二〇一七年七月号

佐々木 愛　ささき・あい

一九八六年生まれ。秋田県出身。青山学院大学卒。「ひどい句点」で二〇一六年にオール讀物新人賞を受賞。一九年、同作を収録した『プルースト効果の実験と結果』でデビュー。他の著書に『料理なんて愛なんて』がある。

ここにあるはずだったんだけど

二〇二三年二月二五日　第一刷発行

著者　佐々木 愛
発行者　箕浦克史
発行所　株式会社双葉社
〒１６２−８５４０
東京都新宿区東五軒町３−２８
電話　０３−５２６１−４８１８（営業部）
　　　０３−５２６１−４８３１（編集部）
http://www.futabasha.co.jp/
（双葉社の書籍・コミック・ムックが買えます）
印刷所　大日本印刷株式会社
製本所　株式会社若林製本工場
カバー印刷　株式会社大熊整美堂
ＤＴＰ　株式会社ビーワークス

ISBN978-4-575-24606-3 C0093